Moord Oord

Maison de Assassiner

Copyright 2016 Juanita Swart
Published by Juanita Swart

ERKENNING

Ek wil graag aan Danielia, my dogter, dank uitspreek vir haar ondersteuning, liefde en volgehoue vertroue in my as haar Ma.

Groot dank aan Juan Geldenhuys vir die ontwerp van die voorblad en ook jou voortdurende ondersteuning.

Dankie aan Hannelie Pretorius vir die redigering van die boek.

Ek dra hierdie boek op aan My Ma, ek weet sy sou baie trots op my gewees het.

Hoofstuk 1

Simonè se gedagtes word teruggeruk na die pad voor haar, wanneer 'n bobbejaan ewe skielik voor haar motor in hardloop. Sy pluk aan die stuurwiel en met 'n vinnige ruk beweging swink sy uit. Sy gee 'n sug van verligting. Hier tussen die Drakensberge is dit maklik om verlore te raak in jou gedagtes, terwyl jy bestuur - veral as jy alleen is. Simonè besef dat sy moeg is en dat sy eers vir 'n rukkie moet stop, voordat sy verder ry. Dit is nog omtrent 'n uur en 'n half se ry, dan is sy eers by Die Oord.

Sy dink aan wat haar ma gesê het vanoggend, voordat sy uit Pretoria uit gery het: "Simonè, rus eerder as wat jy haastig is en dalk nie daar uitkom nie." Sy haat dit om haar ma se raad te volg, maar hierdie keer moet sy dalk maar eerder na haar ma se raad luister. Sy sien in die verte 'n ou plaasgeboutjie reg langs die pad en besluit om daar te stop.

Van ver af wink die selfgemaakte heldergeel kennisgewingborde langs die pad, met suggestiewe boodskappe daarop:

Are you thirsty? ('n ent verder) Are you hungry? (nog 'n entjie verder) Are you tired?

Dit is vir Simonè kompleet asof haar ma sélf hierdie bordjies langs die pad, in die berge kom inslaan het. Sy verminder vroeg genoeg haar spoed en draai by die padstal se afrit in.

Voor sy uit haar motor klim neem sy haar selfoon en kyk of daar dalk 'n boodskap is. Niks. Sy weet sommer instinktief dat haar ma op hete kole sit om vir haar te SMS, maar probeer uithou tot die tyd wat hulle saam uitgewerk het, wanneer sy ongeveer by Die Oord sou aankom. Sy gooi die selfoon terug in die konsole en klim uit.

Die vrou wat by die padstal werk lyk presies net soos die beeldjies wat in tonnemaat by die Pretoria se Dieretuin verkoop word.

'n Swart vrou met 'n groot helderkleurige kopdoek op haar kop en heeltemal te veel materiaal aan as kledingstuk vir die Afrika temperature. Haar vel is verrimpeld, droog en oud.

Die enigste teken van verwestering by die vrou is die baie klein primitiewe selfoontjie wat langs haar lê waar sy, bene langs haar lyf gevou, op die koue sementblad sit.

Die ongesegde beloftes dat jou honger en dors hier geles kan word, blyk ook onvervuld te bly. Daar is sakke en sakke vol groen advokadopere en warm gemmerbier wat hier te koop aangebied word.

Simonè háát gemmerbier!

"Het julle dalk water?"

Niks . . . daar is geen uitdrukking op die vrou se gesig nie; net warm sweetdruppels wat teen haar ou verrimpelde vel afloop onderdeur die kopdoek wat sy op haar kop het.

"Do you have water?" probeer Simonè hierdie keer in Engels vra.

Die vrou kan nie 'n woord Afrikaans of Engels verstaan nie.

Uit die hoek van haar oog sien Simonè 'n kraan regs van die padstal en besluit sy dat sy die kans sal waag om haar gesig daar te gaan afspoel.

Die eerste stroompie water wat uit die kraan kom is lou en daarna kom die koel lafenis; 'n dik stroom yskoue water spuit uit die kraan. Die yskoue water op haar gesig voel hemels. Simonè spoel die sweterige taaiheid van haar gesig en nek af en sy sluk sommer so twee hande vol water af. 'n Diep sug van tevredenheid kom uit haar maag en sy raak bewus van die Afrika vrou wat haar dophou. Sy glimlag verleë vir die vrou, terwyl sy skamerig die kraan toedraai.

Daar is nog steeds geen uitdrukking op die vrou se gesig te bespeur nie.

"Reg Simonè . . ." sê sy vir haar self wanneer sy terug in haar motor klim; ". . . dit is nou net 'n entjie en dan is dit 'n nuwe begin vir jou."

Terwyl sy so met haar self praat kyk sy in die tru-spieëltjie en sy wonder wat vir haar voorlê.

Gaan die 'nuwe begin' regtig so 'nuut' wees? Of is die lewe wat sy ken, die definisie van haar geluk?

Sy weet dat ál manier hoe sy die antwoorde gaan vind op haar vrae, is om die pad aan te vat en die beste van haar toekoms by Die Oord te gaan maak.

Hoofstuk 2

Dit is nie lank nie of haar gedagtes begin weer te dwaal. Sy dink aan die dag toe sy vir haar onderhoud gekom het by Die Oord. Maison de Beautè – Huis van die beeldskone. Sy was so senuweeagtig gewees en sy het al wat 'n artikel is, gelees op die internet oor hoe om haar voor te berei vir die onderhoud. Dit was in Junie van haar matriekjaar.

Sy was reeds al 'n top akademiese presteerder gewees met uitnodigings van verskeie universiteite om by hul te kom studeer. Sy kon letterlik enige iets doen wat haar hart sou begeer, die akademiese poorte was oop vir haar! Maar vandat Simonè baie klein was, wou sy net een ding doen –sy wou mense mooi maak. Daarom was daar vir haar geen twyfel oor wat sy met haar toekoms wou doen nie, sy het ingeskryf by die heel beste skoonheidskool in die land en daarna was sy genooi vir 'n onderhoud by die skoonheidskool!

Vir Simonè was dit 'n baie groot eer gewees, nadat sy een van dertig studente uit vyfduisend aansoekers was wat genooi is vir die onderhoud. Haar ouers het saamgekom vir die onderhoud en dit het net meer spanning op haar geplaas. Sy het geweet sy MÓÉT eenvoudig net een van die finale twintig wees wat deurdring. Dit was toetse skryf en foto's wat geneem is en meteens, die onderhoud wat gevoer is deur die paneel.

Die eienaars van Die Oord, Lana en Valentin Barbeau, was deel van die paneel en so ook die mentors wat baie nou saam die studente sou werk. Die mentors is almal kundiges op hulle eie gebied en moet self 'n baie streng keuring ondergaan om aan te sluit by Die Oord. Daar is 'n dermatoloog, 'n dieetkundige, 'n joga instrukteur en 'n somatoloog en Lana wat optree as openbare betrekkinge mentor.

Nadat Simonè daar uitgestap het, kon sy nie onthou wat hulle haar eens gevra het nie, of wat sy boonop nog geantwoord het nie, sy het net geweet: híér wil sy kom studeer!

Sy het vir maande aaneen gebid dat sy een van die finale twintig studente sal wees wat gekies sal word om vir drie jaar lank aan die sy van wêreldbekende kenners in die skoonheid- en gesondheidswêreld studeer en gementor te word.

In Oktober het die goeie nuus gekom! Die e-pos is direk aan haar pa gestuur van Lana en Valentin Barbeau af. Simonè was 'n suksesvolle kanidaat gewees en sy moet op 03 Januarie by Maison de Beautè aanmeld vir haar drie jaar kursus.

Vir Simonè was dit die wonderlikste nuus nog ooit wat sy in haar lewe ontvang het.

Die baie wonderlike nuus wat gedemp is deur die aand se vieringe. Haar Pa het haar en haar ma uitgeneem vir ete by 'n luukse vyfsterrestaurant. Soos Simonè - asook haar pa - verwag het was dit 'n totale gemors gewees. Dit was kunsmatig, styf en soos gewoonlik het haar ouers nie eens 'n woord met mekaar gepraat nie.

Hulle praat al eintlik vir jare nie meer met mekaar nie.

Haar ma het weereens te veel gedrink die aand, en Simonè en haar pa moes haar ma motor toe help.

Die aand in haar kamer kon sy hoor hoe haar ma opgooi van al die drank en hoedat haar pa met haar ma baklei oor die gedrinkery. Sy is al so gewoond daaraan, dat sy eenvoudig net haar oorfone op haar ore gesit het en haar musiek hard gestel het en aan haar toekoms gedink het.

Haar toekoms . . . weg van haar ouerhuis – weg van Maison de conflit.

Hoofstuk 3

Die oprit na Die Oord is asemrowend!

'n Mens gemaakte woud lei 'n mens aan beide kante van die lang oprit. Van links kan 'n mens nie deur die lowergroen woud sien nie, en van regs baklei die see se branders om deur die woud te breek.

Simonè ruik die vars seelug en proe die sout op haar lippe. Hierdie deel van die Noordkus van KwaZulu-Natal is nog ongerep en die strand wat aan Die Oord grens behoort aan Lana en Valentin.

Simonè voel hoe haar hart al hoe vinniger begin te klop wanneer sy die majestueuse gebou voor haar sien. 'n Spierwit huis wat in die Kaaps-Hollandse boustyl gebou is en wat meer na 'n kasteel lyk as 'n skoonheidsoord.

Maisonde Beautè, haar huis vir die volgende drie jaar.

Die huis bestaan uit twintig en suite slaapkamers; agt terapie sale asook 'n ten volle toegeruste moderne gimnasium en 'n sauna sowel as 'n stoomkamer. Agter die huis is 'n Olimpiese standaard swembad sowel as vyf chalets waar die studente inwoon asook perdestalle met personeelgeriewe vir die terreinpersoneel.

Lana en Valentin se huis is in die verte te sien, 'n mini weergawe van die hoofhuis.

Oral staan perde rustig rond en knibbel aan die gras. Die seemeeue maak kronkeldraaie in die lug en vlieg dan skielik al spoggerig weg waar mens hul oor die see kan sien verdwyn, tot waar hulle net spikkels op die horison word.

Die lowergroen grasperk strek oneindig ver tot waar die rotse jou bekendstel aan die strand met die rammelende en klotsende water van die Indiese Oseaan.

Hier en daar is daar lieflike bome op die lowergroen grasperk wat skaduwee bied teen die tropiese son. Die bottelgroen gras skep 'n dramatiese agtergrond teen die wolklose dag.

Maison de Beautè is nie net Simonè se heenkome vir die volgende drie jaar nie, maar dit is ook die tydelike heenkome van moeë, skatryk vroue - en soms mans ook - wat hulle self vir enige iets van twee weke tot 'n maand hier kan inboek vir stress-, gewigsverlies-, skoonheidsterapie- en detoksbehandelings.

Die kliënte wat hulle self hier kan inboek is van die rykstes in die land - en party is ook die rykstes ter wêreld - en daar word bespiegel dat internasionale sterre gereeld hier kom inboek om weer hulle self te vind 'so na aan die natuur as moontlik'.

Simonè weet natuurlik dat dit eintlik net 'n verskoning is om in vrede weer die oortollige selluliet, vetjies en plooie weg te kry om die wêreld weer vierkanting in die oë te kan kyk.

Maar dít is wat haar gelukkig maak, om die lewensmoeë mense weer hoop te kan gee, al is dit op so 'n oppervlakkige wyse.

Wanneer sy voor die voordeur stilhou, wys 'n ongeduldige hekwag vir haar dat sy moet omry; sy neem aan dat daar parkering gaan wees, want die hekwag sê nie veel nie - hy beduie net. Sy ry om die gebou op die klippaadjie en sien dat daar 'n aanduiding is, 'Staff Parking'. Sy parkeer haar motor by parkering nommer drie.

Simonè trek weer die tru-spieëltjie in posisie en begin met haar self praat: "Simonè, jy kan dit doen. Jy doen dit vir jou self; en vir niemand anders nie. Onthou dit!" Sy haal 'n paar keer diep asem en loer dan weer op haar selfoon of daar dalk 'n boodskap is . . . niks . . . sy druk haar selfoon in haar broek se sak en klim uit haar motor uit.

Haar smal voete trap moeilik op die growwe klippaadjie wat na die ontvangsarea toe lei. Sy hou haar kop omhoog en vryf haar blonde hare uit haar oë uit.

Soos wat Simonè daar stap sal sy maklik aangesien kan word as 'n loopplank model. Lank en skraal asook fyn, maar atleties gebou. Haar lang blonde hare strek tot in die middel van haar rug. Haar grysblou oë lyk soos ys. Haar lang bene wat net die regte skakering bruin gebrand is, vertoon pragtig teenoor haar wit kortbroek en die ligte blou bloesie wat sy aan het, dit komplimenteer haar blonde hare.

Simonè stap by die voordeur in en sien die groot ontvangstoonbank. Die harde swarthout blad is indrukwekkend en bo-op die blad pryk 'n silwer balvormige klokkie met 'n nota 'Ring please'.

Hierdie is net nog 'n bordjie wat haar uitnooi om tot aksie oor te gaan.

Die klokkie is so blink gevryf, dat niemand dit sommer sal mis kyk nie. Sy druk die klokkie eenkeer.

Sy verstom haar aan die pragtige dekor van die ontvangsportaal.

Die mure is oordadig oortrek van muurpapier. Die plafonne is hoog en die geverfde toneel daarop laat mens dink aan iets uit een van die bekende katedrale in Europa. Swewende baba engeltjies wat 'n halfgeklede vrou druiwe voer.

Simonè let op hoe hierdie vrou, nie soos in die ou Europese skildery half plomp is nie, maar slank en amper stokkerig, gedrapeer is in sagte linne wat 'n ander groep swewende engeltjies nog steeds vashou.

Vanuit die middel van hierdie muraal hang 'n kristalkandelaar wat maklik een meter lank kan wees.

Elke kristal, hoe groot of klein ook al, wat deel is van hierdie kandelaar, is 'n unieke meesterstuk.

Dit is kompleet asof daar 'n dans is tussen die lig en die kristalle. Duisende klein reënboë speel teen die mure aan weerskante van die kandelaar af. Die resultaat van 'n genotvolle vennootskap tussen lig en kristalle.

Die meubels in die ontvangsportaal bestaan uit 'n maroen fluweel sofa en drie rusbanke wat ook met maroen fluweel oorgetrek is. Die ou houtvloere is blinkgevryf, en die reuk van politoer hang in die lug. Die groot ou-hout toonbank staan pertinent agter die meubels amper asof die hele huis rondom die toonbank gebou is.

"Good afternoon, you must be a new student?"

Simonè draai na die stem en sien 'n pragtige donkerkop meisie agter die toonbank staan. Sy is andérs as wat Simonè verwag het, vir 'n ontvangsdame vir Die Oord en ook in duidelike kontras met die vrou op die plafon.

Die meisie is mollig met 'n breë en vriendelike glimlag. Haar wit uniform laat haar vel nog bleker lyk as wat dit regtigwaar is. Die weerkaatsing van die kristalkandelaar maak flikkerliggies in haar groen oë en Simonè voel dadelik gemaklik in haar teenwoordigheid.

"Uhm . . . yes, I am Simonè Barnard."

Die meisie agter die toonbank glimlag vir haar breed en sê baie verlig: "Sjoe, ek is so bly om nog 'n Afrikaanse persoon hier te hê. Welkom Simonè; ek is Andrea. Ek is die ontvangs- asook die algemene "go-to-girl" hier rond."

Simonè glimlag ook baie verlig en sy hou sommer dadelik van hierdie bondel energie wát Andrea is.

Andrea se vinger beweeg oor 'n lys voor haar en sy kry Simonè se naam.

"Hier is jóú chalet se sleutel. Jy deel die chalet saam met drie ander meisies. Jy is eerste hier, so jy kan die beste kamer vir jou uitkies. Dit is altyd die heerlikste gedeelte."

Andrea en Simonè glimlag altwee vir die idee en Andrea begin die baie belangrikste reëls van Die Oord aframmel. Sy gee ook vir Simonè 'n A5-grootte boekie met al die reëls daarin.

"Geen rook in die chalets nie. Geen student word buite toegelaat na tienuur saans nie. Jy mag nie op die strand wees sonder toestemming nie. Geen harde musiek nie;" en 'n hele klomp ander relaas van moenies.

Dit sou dalk iemand anders afgeskrik het, maar nie vir Simonè nie, want dit is 'n welkome verandering van 'n huis waar sy die huis kon afbrand en niemand sou dit eers agtergekom het nie.

"Dit is nou ongeveer drie uur en stiptelik om vyf uur moet julle almal in julle uniforms in die raadsaal wees vir die verwelkoming deur Lana en Valentin. Moet groot asseblief nie laat wees nie. Enige vrae?"

Simonè dink vir 'n rukkie en vra meteens: "Jy sê dat ons moet in ons uniforms wees?"

"O ja natuurlik, hoe dom van my. Jul uniforms is in die chalet. Kyk maar net, die hangers is gemerk. Hoop nie jy het gewig opgetel, vandat jy laas keer hier was vir die onderhoud nie?"

"Nee, ek glo darem nie so nie."

Simonè wéét so!

Haar ma was baie gesteld gewees op haar gewig en het haar baie gou laat weet as daar 'n sentimeter 'skade' aan haar lyf was, sal daar moeilikheid wees. So het Simonè deur die jare al geleer as sy mooi en maer bly, is haar ma ook baie gelukkig mét haar asook baie lief vír haar.

"Logan sal jou help met jou bagasie. Ek sal hom gou roep op die tweerigtingradio, dan kry hy jou buite by jou motor. Sterkte Simonè, hoop jy geniet dit hier by Maison de Beautè."

"Baie dankie Andrea, ek glo ek gaan."

Simonè neem die chalet se sleutels en stap weer terug op die paadjie soos wat sy gekom het.

Sy hoor Andrea giggel in die agtergrond, terwyl sy op die tweerigtingradio met iemand praat.

Simonè stap met 'n rustiger, maar nog steeds opgewonde hart na haar motor toe.

Wanneer sy vir Logan sien, voel sy hoedat die bloed van haar nek af opstoot na haar gesig toe.

Hy is effens korter as wat sy is, met krullerige ligbruin hare wat in die middel van sy nek hang. Hier en daar speel 'n natuurlike blonde lok tussen die res van sy bruin hare. Sy bruin oë is amper swart en sy lippe is perfek gevorm.

Sy T-hemp is aan sy linkersy - by sy broek ingedruk - en sy kaal bolyf laat Simonè bloos. Aan die ander kant van sy broek, is die tweerigtingradio aangehak waarmee Andrea hom geroep het.

Na aanleiding van sy gespierde sowel as bruin gebrande bolyf kan mens dadelik sien Logan is elke dag in die son en dat hy beslis fisiese harde werk doen. Sy skat hom nie ouer as twintig jaar oud nie.

Die sweetdruppels dans op sy vel en vir 'n oomblik wonder Simonè hoe dit sou voel om sy sweet met haar vingerpunte te kon afvee.

Sy klere is vuil en 'n mens kan ruik dat hy by perdestalle was. Hy lyk skaam en teruggetrokke.

Sy kan sien hy het al baie seergekry in die lewe. Haar hart klop weer vinniger. Sy bruin oë deurdring hare.

"Hi, ek is Logan."

Sy Engelse aksent kom sterk deur, maar dit beïndruk haar dat hy met haar Afrikaans praat.

"Hi, ek is Simonè."

Sy kyk af, want sy weet sy dat sy nou bloos en sy wil nie nou soos 'n tiener of 'n bakvissie voor Logan lyk nie.

"Kan ek jou help met jou bagasie?"

"Ja, asseblief."

Sy sluit die bagasiebak oop en hulle vat gelyk aan dieselfde tas. Sy bruin hand raak aan haar slanke vingers en sy ruk vinnig haar hand weg, kompleet asof sy deur 'n weerligstraal getref is.

"Jammer, neem jy maar daardie een."

Sy glimlag vir Logan en hy vir haar. Sy neem 'n kleiner tas en maak die bagasiebak toe.

"In watter chalet is jy?"

Simonè kyk na die hout sleutelhouer en sien 'n groot nommer vier daarop uitgekerf. Logan kyk ook na die sleutelhouer en wys met die tas in sy hand teen die heuweltjie af na regs.

"Daar is nommer vier."

Hulle stap oor die lowergroen grasperk na die kliptrappies; Logan laat Simonè eerste stap by die trappies en sy voel baie selfbewus met elke tree wat sy gee. Die chalet is regs van die stel kliptrappies en Simonè voel asof sy nie gou genoeg by die deur kan uitkom nie. Sy sluit die deur so vinnig as moontlik oop en ruik dadelik die reuk van roosmaryn asook die dekriet van die grasdak in die chalet.

Dit is 'n baie ruim multivlak chalet met 'n oopplan kombuis in die middel van die chalet. Die sitkamer is rondom die kombuis ingerig. Daar is drie deure wat uit die sitkamer lei na die drie slaapkamers en aan die linkerkant van die kombuis is daar 'n stel houttrappe wat na die vierde slaapkamer lei. Elke kamer het sy eie stort, toilet en wasbak.

Logan sit die koffer neer wat hy gedra het en maak weer 'n gebaar met sy hand: "Jy kan maar besluit waar jy gaan slaap, want die ander sal seker ook nou hier wees."

"Baie dankie vir die bagasie."

"Dis 'n plesier."

Wanneer Logan vir haar glimlag en omdraai om weg te stap, voel Simonè hoe haar hart diep in haar borskas klop.

Hy het die perfekte glimlag sowel as die perfekte lippe.

Sy kyk weer na haar selfoon wat sy uit haar broek se sak haal . . . daar is nog geen boodskappe nie.

Simonè besluit om deur elke kamer te stap en te kyk waar sy die gemaklikste sal voel.

Die kamers laat haar dink aan 'n vakansieoord se kamers; waar sy saam met haar ouers gaan vakansie hou het in gelukkiger dae. Al die kamers is dieselfde kleurskakering van blomme. Harde lakens wat in super groot industriële wasmasjiene gewas word en wat dan sonder enige gevoel oor die honderde beddens getrek word. Al die kamers voel baie onpersoonlik en klein en het baie minder geriewe as wat sy tuis gewoond aan is.

In die kombuis is 'n hang rakkie waar vier stelle uniforms hang. Die plastiek oortreksel wat oor die uniforms getrek is, het 'n groot wit plakker op met 'n voorletter en 'n van. Simonè skuif die hangers van links na regs en sien dat haar uniform voor hang.

Die uniform is 'n melkskommel-groen met 'n rokkie in 'n A-lyn snit asook met 'n donkerblou randjie by elke soom. 'Nie baie modern nie' dink sy, terwyl sy haar uniforms van die hang rakkie afhaal en voortgaan met haar 'inspeksie' van die chalet, haar vier uniforms oor haar een arm gegooi.

Dit is eers wanneer sy by die kamer aan die boonste punt van die trappe kom, wat sy 'n gevoel van rustigheid kry; dit is amper asof sy haar kop híér kan neerlê.

Die chalet se grasdak is baie laer in hierdie kamer, en die reuk van die dekriet in die dak oordonder die roosmaryn reuk. Die helder lemmetjie groen beddegoed skree amper in kontras met die donker dekriet in die dak. Sy hou baie van hierdie kamer en besluit dat sy hierdie kamer sal neem.

Die uitsig uit die klein houtraam venster kyk uit op die kliptrappies wat hul afgeklim het om tot by die chalet te kom, en ver na die regterkant kan 'n mens 'n gedeelte van die ander chalets sien. Na links is 'n groter heuweltjie - hulle chalet is die laaste een hier aan die linkerkant.

"So hierdie is van nou af my kamer," sê Simonè vir haar self en gaan sit selfvoldaan op die bed en haal diep asem en gaan lê uitgestrek op haar rug op die bed. "Chalet nommer vier," sê Simonè hardop en glimlag, terwyl sy haar oë toe maak. Haar droom het uiteindelik waar geword!

Hoofstuk 4

Tussen half vier en half vyf die middag, het die res van die studente by Die Oord aangekom. Simonè kon deur haar klein kamervenstertjie sien, hoedat Logan en die motor wag sowel as 'n paar ander terreinpersoneel, die opgewonde jongmeisies se bagasie na hulle onderskeie chalets toe dra.

Nadat sy haar klere uitgepak het, het sy vir haar ma 'n SMS-boodskap gestuur om te laat weet dat sy veilig by Die Oord aangekom het. Sy het haar selfoon afgeskakel en in haar kas gebêre. Sy was nie lus om met haar ma te praat as sy sou skakel nie.

Simonè se drie chalet maats het ook een na die ander by haar aangesluit. Sy was besig om haar klere uit te pak wanneer sy 'n hoë toon gegiggel by die voordeur hoor inkom.

"Hallooo," het die stem baie opgewonde gesing-groet.

Simonè was verbaas oor die meisie met die growwe stem, maar toe sy na die grondvlak gedeelte van die chalet kyk, sien sy nie 'n meisie daar staan nie, maar 'n jong man.

Sy swart gekleurde hare skree om uit die haarjel—hel vrygelaat te word. Hy is skoongeskeer en as mens vinnig sou kyk, sou mens hom beslis aansien vir 'n jong meisie.

"Haaai . . . Ek is Heinrich," giggel-sing hy, en hy waai met 'n vinnige beweging na haar toe en glimlag baie breed.

"Hi, ek is Simonè," glimlag sy vir hom terug.

Simonè was verbaas asook baie verward, want sy was onder die indruk dat Die Oord eksklusief slegs vir meisie-studente is.

"Ek is so 'excited' . . .!" sê Heinrich, ". . . watter kamer is myne?"

Hy trippel van die een vertrek na die ander, terwyl hy so in die lug praat.

"Jy kan enige een kies . . ." sy wil nog vir hom sê van die uniforms toe sy weer 'n hoë gilletjie hoor, en dit bevestig vir haar, dat hy wel die uniforms in die kombuis ontdek het.

"Aaaah . . . dit is so 'cool'!"

Simonè besef dat Heinrich een van dáárdie mense is wat sommer so met almal en alles praat, en dat sy nie noodwendig nodig het om hom te antwoord op alles wat hy sê nie. Sy hoor hoedat hy die kamer links, onder haar kamer kies en nog steeds met homself gesels asook sing en giggel. Heinrich, die eerste manlike student by Die Oord, ooit.

Simonè se klere was alreeds uitgepak gewees en sy was reeds al in haar uniform gewees, wanneer Annemie en Una ook by die chalet aangekom het. Sy was in die kombuis besig om vier glase aarbei-water in te skink, wanneer Annemie met haar koffers in die deur stop en 'n harde sug gee.

Annemie se voorkoms het vir Simonè dadelik beïndruk. Sy het vir haar gelyk soos een van daardie meisies wat so pas uit 'n glanstydskrif gestap het. Lang sjokolade bruin hare met baie volume en gegrimeer amper asof sy na 'n aandfunksie gaan. Sy het die nuutste asook die duurste ontwerpers denim en skoene asook bloes aan wat afgerond word met duur juwele. Simonè het nog altyd gewens dat sy so kon aantrek - nie dat sy dit nie kon bekostig nie - want finansieël was dit moontlik gewees, maar sy het net nog nooit die selfvertroue gehad om dit te doen nie.

"Waar is my kamer?" die mooi prentjie wat voor Simonè staan se persoonlikheid skep nie dieselfde indruk nie.

"Hallo, ek is Simonè."

"O, hallo . . . ek is Annemie. Waar is my kamer?"

Simonè sien hoedat die meisie wat agter Annemie staan, haar oë rol vir die meisie wat voor haar staan.

"Jy kan enige een . . ." Nog voordat Simonè haar sin kon klaar gemaak het stap Annemie na die kamer links van die kombuis.

"Toemaar . . . ek sal die een neem." Sy stap in die kamer in en slaan die deur hard toe.

"Sjoe . . . 'who died and made her queen?'"

Simonè giggel vir die meisie wat in die deur staan se eerlike opmerking.

"Ek is Una . . ." Una glimlag en steek haar hand uit na Simonè ". . . en al beteken my naam eerste, is ek altyd laat vir alles!"

Hulle lag albei sommer lekker hard vir Una se opmerking. Simonè gee vir Una 'n glasie aarbei-water en wys vir haar waar om haar uniforms te kry. Die enigste kamer wat oorgebly het, is die kamer langs die voordeur, net voor Annemie se kamer, en Una begin om haar goed daar uit te pak.

Heinrich het hom self gaan voorstel aan die ander meisies en het ook nie 'n baie vriendelike ontvangs van Annemie ontvang nie. Kort voor lank het Heinrich en Una soos ou vriende gelag en deur die oop deure, oor en weer met mekaar gesels, terwyl hulle hul koffers uitgepak het.

Simonè sit in die sitkamertjie en drink die atmosfeer in.

Die lewendige stemme en die feromone van opgewondenheid in die lug; dit is kompleet asof dit alles, weer iets in haar wakker maak.

Hoe het sy dít nie gemis nie? Om in opgewondenheid iets te deel met ander mense. Om te lag en te gesels sonder om skuldig daaroor te voel. Sy besef sy het hierdié gevoel gemis.

Sy het dit gemis om te lewe!

Hoofstuk 5

Dit is tien voor vyf en al die studente is in die raadsaal.

Die kersiehout tafels het naamkaartjies op, en die studente sit soos hul per chalet ingedeel is rondom die U-vorm tafel. Voor in die raadsaal is daar 'n lang tafel met ses naamkaartjies en ses bottels met water in. Elke student het ook 'n bottel met water ontvang, Simonè maak haar bottel water sommer dadelik oop. Die humiditeit hier is baie hoog en sy voel konstant dors.

Simonè kyk om haar en sien 'n see van melkskommel groen uniforms. Die meisies met lang hare, het volgens die reëls wat aan hulle gegee is, bollas gemaak en almal is saaklik gegrimeer. Alle juwele is verwyder en almal het plat, toe skoene aan.

Heinrich staan uit soos 'n baie seer oog.

Bo en behalwe vir sy skril stem en aanhoudende gegiggel, is sy pikswart hare so hard gejel dat geen wind deur dit sal kan waai nie. Sy oogpotlood is 'n klein bietjie meer diskreet aangesit en al sy juwele is afgehaal. Dit lyk of hy in die sewende hemel is.

Hy lyk vir Simonè soos 'n baie vreemde hospitaal portier.

Heinrich en Una gesels land en sand, vir iemand wat van buite af sou inkyk, sou dit gelyk het of hulle twee mekaar al jare ken.

Annemie sit ongeduldig en rondkyk en lyk hoogs verveeld met die hele situasie. Simonè kan sien dat Annemie geensins gewoond is daaraan om te wag vir iemand nie. Kort-kort haal sy haar handspieëltjie uit net om te kyk of haar prentjie-mooi gesig nog mooi genoeg is. Simonè wonder meteens of Annemie ook so baie tyd aan haar persoonlikheid spandeer?

Die lugversorging in die raadsaal is baie koud gestel, maar tog is dit 'n welkome verandering van die bedompige hitte van buite. Simonè is bewus van die hoendervleis wat op haar vel uitslaan, sy is nie seker of dit van die koue of van opgewondenheid is nie.

Presies om vyf uur die middag stap dieselfde paneel wat die onderhoude met hulle gevoer het by die raadsaal in. Die studente is in vervoering en baie opgewonde oor hierdie nuwe geleentheid in hulle lewe. Simonè het reeds al vergeet hoe mooi Lana Barbeau is. Sy en Valentin maak 'n baie pragtige paartjie.

Lana bly staan, terwyl die ander vyf paneel vakkundiges hulle plekke inneem by waar hulle gereserveerde stoele nog leeg is. Die inneem van sitplekke vind plaas soos 'n oeroue ritueel. Elkeen weet presies waar hulle sit. Dit is amper asof hulle dit ingeoefen het.

Lana staan penregop langs die paneel se tafel en verwelkom die groep studente. Sy herinner hulle ook hoe spesiaal 'n iedere en 'n elk moet voel om daar te kan sit; en dan begin sy met die voorstelling van al die mentors. Lana verduidelik ook in detail waar die persone gestudeer het, asook wat hul spesialiteitsgebied is en ook natuurlik waarom hulle die beste op die gebied is.

Op die verste punt regs, is Johannes Riekert – joga instrukteur.

Hy is in sy middel veertigs en hy staan uit soos 'n seer oog met sy onversorgde voorkoms asook met sy 'knoop-en-doop-' uitrusting. Johannes sou baie meer gepas gelyk het by 'n hippie reünie, hy lyk soos 'n mengsel tussen Anton Goosen en Jim Morrison. Sy hippie lokke hang tot onder sy skouers en sy baard is amper net so lank. Johannes se verskeie kraletjie armbande en enkelbandjies asook 'n ring aan amper elke vinger troon uit teen sy bruin gebrande vel.

Simonè onthou hoe bekommerd haar ma was die dag van die onderhoud, veral nadat sy vir Johannes ontmoet het. Haar ma was amper oortuig daarvan dat hy 'iets' gerook het. Haar pa het genadiglik vinnig die onderwerp verander, want hy kon sien hoe graag Simonè hier wou aansluit en dat haar ma se opmerkings Simonè se opgewondenheid gedemp het. Valentin moes gesien het iets pla die ouerpaar in die onthaalsaal na hulle ontmoeting met Johannes, aangesien hy baie vinnig skadebeheer kom toepas het.

"You know, Johannes studied yoga under the most respected yoga guru alive. In Pune, India." Simonè weet nou nog nie of dit Johannes se studiemeester of Valentin se sjarme was wat haar ma oorgehaal het nie, maar skielik was sy baie gefassineerd oor alles wat Valentin oor Johannes én joga te sê gehad het.

"Nou het sy iets nuuts om haar vriendinne by die tennisklub te vertel," het Simonè se pa saam met Simonè geskerts en hulle altwee het 'n baie ligter oomblik gedeel. Haar ma het hulle altwee net 'n dodelike kyk gegee en anders as in die verlede, wanneer hulle kon lag oor dit, kon Simonè die seer en bitter in haar ma se oë raak sien, terwyl sy oppervlakkig verder met Valentin gestaan en gesels het.

Langs Johannes sit die jongste lid van die paneel, Ishita Kapoor.

Sy is 'n klein en fyn Indiër meisie met die mooiste vel wat Simonè nog ooit in haar lewe gesien het. Haar lang donker bruin hare is netjies vasgemaak en sy lyk of sy so pas uit 'n Bollywood film geklim het, tranerige ogies en al.

Ishita is die jongste dogter van Dhanesh en Khundalini Kapoor. Danesh se rykdom het gespruit uit verskeie buitelandse transaksies en sy entrepreneursvaardighede het gesorg dat hy as een van die land se rykste besigheidsmanne bestempel word. Khundalini word altyd aan sy sy gesien, en dit is welbekend dat Danesh haar op sy hande dra, tesame met hul vier dogters.

Ishita se drie ouer susters is almal mediese dokters en daarom was die skok so groot gewees, nadat Ishita aangekondig het dat sy eerder somatologie wou aanpak. Eie aan hul styl, sou hulle sorg dat húlle dogter by die beste in die wêreld gaan studeer, maar nie te ver van hulle af nie. Die "International Somatology Academy" in Kaapstad was net die regte instelling gewees! Ishita het in Kaapstad gewoon vir drie jaar en naweke kon sy huis toe vlieg, dit het alle partye so goed gepas.

Drie en 'n halwe jaar terug boek Khundalini haar self vir 'n week in as 'gas' van Maison de Beautè en sorg vir die nodige bekendstelling aan Lana en Valentin.

Na 'n paar aandetes by Lana en Valentin se huis was die formaliteite afgehandel en Ishita word ingelig, dat sy vanaf Januarie die daarop volgende jaar, as mentor vir somatologie sal aansluit by Die Oord.

'n Paar weke na Khundalini se besoek, het die werk aan die Khundalini Kapoor se stoomkamer by Die Oord begin . . .

Hoofstuk 6

Dokter Heleen van Daalen kyk na haar vingers, terwyl sy hulle senuweeagtig saam vryf. Sy is nog steeds ontsteld oor die uitval wat sy en Valentin gehad het, net voor die induksie. Sy is nou meer as ooit vantevore oortuig daarvan, dat hulle nie haar waarde sien hierby Die Oord nie. Valentin vergeet ook gerieflikheidsonthalwe, dat sy drie en dertig persent aandele in Die Oord het, wat deur Valentin se pa aan haar nagelaat is.

Dokter Heleen se vingers vryf oor die pêrelring aan haar regterhand. Dit is die ring wat Alain aan haar gegee het.

Alain, die groot liefde van haar lewe . . . Alain, die sjarmante vrouejagter . . . Alain, Valentin se pa.

Alain en Valentin se ma, Georgette, was nooit getroud nie. Sy was 'n jong loopplank model gewees toe hy haar in Frankryk ontmoet het. Hulle het twee kinders saam gehad, waarvan Valentin die oudste was, en Georgette junior die jongste was.

Alain wou nooit 'vasgepen' gewees het nie, en alhoewel hy sy verantwoordelikheid as pa nagekom het, het hy sy verpligtinge as lewensmaat nooit teenoor Georgette nagekom nie. Valentin was maar net agt jaar oud gewees toe Georgette besluit het genoeg is genoeg, en sy het uit die Franse plaashuis terug stad toe getrek tesame met hul kinders.

Georgette, die beeldskone vrou wat sy was, was nooit alleen nie en 'n string kêrels het daarna gevolg. Valentin en Georgette junior is vroeg na koshuise gestuur en het net vakansies hulle ouers gesien. Dit was toe Valentin sestien jaar oud was, wanneer hy by die skool die skokkende nuus ontvang het, dat sy ma in 'n Franse staatshospitaal oorlede is aan longontsteking. Hy was gebreek en het nooit sy pa vergewe dat hy sy ma so verwaarloos het nie.

Dokter Heleen het vir Alain ontmoet by 'n konferensie in Boston, Massachusetts in 1989. Sy was 'n dinamiese opkomende dermatoloog wat deeltyds gelektor het aan die Universiteit van Harvard, waar sy haar doktorsgraad verwerf het in dermatologie. Alain het die konferensie bygewoon, omdat hy en 'n dokters-vriend van hom 'n farmaseutiese maatskappy wou oorkoop wat spesialiseer in die verskaffing van dermatologiese produkte.

Dokter Heleen het 'n praatjie gedoen oor die gevare van die direkte sonstrale op die vel. Alhoewel dit 'n baie vreemde onderwerp vir die tydperk was, het haar kollegas haar met staande ovasie toegejuig. Alain was betower met haar! Die slim meisie met die groen oë was so natuurlik en intelligent, asook selfversekerd. Sy was so anders as die ander meisies met wie hy gerinkink het tot op daardie stadium van sy lewe. So totaal en al anders as . . . Georgette.

Dokter Heleen word teruggeruk na die induksie sessie wanneer Lana vir Valentin voorstel aan die groep studente. Sy kan die dromerigheid in die meisies se oë sien as hulle vir hom kyk, en sy voel sommer jammer vir die arme bloedjies. As hulle tog maar net geweet het wie en wat skuil agter daardie prentjie .
. .

Lana se engelstem is pragtig en vol passie as sy van haar en Valentin se ontmoeting praat in 1991. "I was just sixteen years old, when I met Valentin in Paris. He was an intern at one of the modeling agencies, and I was a bright eyed Miss Teen from South Africa, thinking I am going to conquer the world."

Lana gaan voort en verduidelik hoe hulle vir die hele 1991 saam getoer het en mekaar leer ken het. Hoe hulle eers 'beste vriende' geword het vóórdat hulle verhouding 'ernstig' begin raak het.

"And in 1997 Valentin and I got married here at Maison de Beautè. It was Valentin's late fathers' estate and after the wedding we started with the business plan for what you see here today. The best beauty retreat in the world."

Die studente ontluik in 'n spontane applous en Lana en Valentin deel weer 'n oomblik van oogkontak met mekaar, terwyl hulle vir mekaar glimlag. Daar is iets in altwee se gesigte wat hierdie moderne sprokiesverhaal effens afgewater laat voorkom.

"I am also very proud to say that after more than twenty years with me, Valentin can speak Afrikaans fluently." Die studente giggel en Lana gaan voort met die bekendstellingsritueel.

"Let's continue with the introductions, on my left hand side we have the renowned doctor Heleen van Daalen, who have been with Maison de Beautè ever since we officially opened in 1998."

Lana gaan voort met dokter Heleen se repertoire van grade en brei uit op alle publikasies wat sy al die lig laat sien het, sowel as haar eindelose studies op velkanker ensovoorts. Dit is vir die studente soos 'n antiklimaks na die mini liefdesverhaal en Heinrich kan hom self nie inhou om vir Una iets te fluister nie.

Hulle wil net begin giggel toe Valentin oogkontak met Heinrich maak en dadelik is Heinrich en Una stil.

Die kyk wat Valentin vir Heinrich gee is amper dodelik. As sy oë kon praat, sou dit 'n duidelike teregstelling gewees het wat sou sorg dat niémand ooit weer sou praat, terwyl Lana aan die woord is nie. Heinrich besef hy ken daardie tipe kyk baie goed, want dit is 'n kyk van afsku en teregstelling.

Meeste van die studente het dit gesien, en Heinrich voel baie skaam daaroor. Hy hou glad nie van die gevoel nie. Hy sal maar seker maak hy kom aan die regte kant van Valentin, en so gou as moontlik ook.

"And last but not least, our newest edition to our team, filling the shoes of our dietician who retired last year is Kuma Minami."

Die Japanese meisie wat aan die punt van die tafel sit, lyk amper asof sy uit 'n Japanese feëverhaal ontwaak het. Haar vel lyk soos was en haar pikswart hare blink soos net in feëverhale moontlik kan wees. Sy het pikswart oë en haar lippe is bloedrooi.

"Kuma is very special, besides from speaking Japanese and Mandarain, she can also speak French, English and Afrikaans, each fluently."

Die studente se "wow" klink kompleet asof dit uit een mond uitkom.

Una gebruik die onrustigheid om in Heinrich se oor te fluister: "Dan is sy nog boonop slim ook!" Heinrich wil so graag lag, maar hy beteuel hom self maar liewers, want hy wil nie weer 'n kyk van Valentin af kry nie.

"Kuma completed her studies through Cambridge University and specialises in creating new people through changing their eating habits. She is the one who is going to watch you closely at breakfast, lunch and dinner," Kuma glimlag en staan effens op, net genoeg om 'n effense buiging voor die groep te maak.

Die studente giggel vir Lana se grappie en kom dan weer tot bedaring.

Lana verduidelik vir die groep dat sy, as veteraan model, die motivering doen vir die kliënte om hul nuwe liggame te waardeer en nie weer terug te keer na hulle ou en verkeerde leefwyse nie. Dat sy sorg dat hul op die 'regte' pad bly en die morele ondersteuning bied wanneer die lewe druk. Lana gaan voort om aan die groep te verduidelik hoe belangrik dit is om verhoudings op te bou met jou kliënte en noem dan so 'n paar baie belangrike name met wie sy 'nou nog' kontak het op 'n gereelde basis.

Die studente is in vervoering hiermee.

Lana sluit die eerste gedeelte van die induksie af met 'n waarborg dat as elke student hulle deel doen in die volgende drie jaar, daar beslis 'n blink toekoms vir hulle sal wees in die skoonheidswêreld, en wie weet, dalk eendag nog selfs op die paneel van mentors by Maison de Beautè.

Hoofstuk 7

Logan sit by die vuurtjie wat hy buite sy woon kwartiere gebou het. Die aandlug is warm en bedompig, maar dit is hoe hy dit ken, asook hoe hy daarvan hou. Hy luister na die see se geruis, terwyl die vuurtjie se vlamme hom letterlik hipnotiseer.

Hy het gekies om eerder die wooneenheid naby aan die stalle vir hom self in te rig as die ekstra een naby die mentors. Hy voel rustiger naby die perde asook die geluide van die branders. Boonop is die eenheid baie meer ruim en hy stap uit op 'n klein grasperkie, wat geleë is op 'n groot oorhang van die rotse. Die eenheid is wel minder luuks binne, maar die luukshede van die wêreld is nie wat Logan aantrek nie. Hy wil rustig wees, en naby aan die natuur.

Hy hoor ver af hoe giggel almal binne in die hoofhuis en hy dink onmiddellik aan die studente wat vandag daar aangekom.

Hy verafsku hulle.

Met hulle ryk páppies en mámmies en hulle duur motors, asook hulle duur klere, sowel as hulle 'ek- is-beter- as- jy' gesindhede.

Vir die derde jaar na mekaar dra hy koffers aan vir die bedorwe jong meisies wat hom nie eens raaksien nie. Hulle dink almal hulle is verhewe bo die res van die wêreld.

'n Kooltjie skiet uit die vuur en hy krap die kole weer bymekaar. Die vlamme dans met mekaar, so verleidelik . . . hy voel die hitte op sy wange.

'Andrea is anders . . .' dink Logan, '. . . sy kom uit 'n gesin waar almal hard moes werk vir hulle geld'. Sy sien hom darem raak. Sy is die enigste vriendin wat hy nog ooit gehad het.

Dan is daar ook die nuwe meisie, in chalet vier, sy lýk ook heeltemal anders as die ander. Nie toegesmeer met grimering en behang met duur juwele nie. Sy is . . . natuurlik . . . en normaal . . . en sy is beleefd.

Logan onthou ook die jongman wat daar aangekom het. Hy het hom weer laat dink aan Jaycee.

Jaycee was saam met Logan in die laaste kinderhuis waar hy was. Jaycee was die outjie wat altyd 'anders' was. Die outjie wat koor wou gesing het, terwyl die ander eerder wou rugby speel. Die outjie wat saam die meisies gekuier het wanneer die ander seuns skelm gaan rook het. Die een op wie al die ouens gepik het en die een wie op die ou einde onthul het dat hy van séúns hou.

Dit was moeilik vir al die seuns in die kinderhuis om met Jaycee 'n vriendskap te bou, want skielik was alles wat hy vir hulle sê verdag. Maar dit was egter die moeilikste vir Jaycee gewees.

Dit was Logan wat op Jaycee se lyk afgekom het. Jaycee het genoeg gehad van die wêreld en het besluit om sy polse met 'n skeermeslemmetjie oop te sny . . . Daar was baie bloed . . . Geen brief . . . Geen boodskap . . . Geen totsiens . . . Niks.

Almal het aanvaar die selfmoord was oor Jaycee se troebel kinderlewe. Die verwerping van sy ouers en die skuif van een pleegouers se huis na die ander.

Logan is vir berading gestuur en die boek is net daar toegesluit. Dit was 'n hartseer einde, vir 'n hartseer verhaal gewees.

Die jong man wat vandag daar aangekom het, het na soveel lange jare vir Logan weer aan Jaycee laat dink.

Aan al die bloed . . .

Hoe Logan sy hande oor Jaycee se diep snye in sy polse gedruk het, om die bloed te probeer stop.

Hoe hy gehuil het bo-oor Jaycee se lyk en oor al die gespottery, asook die geboelie, wat hy – Logan - self ook skuldig aan was. Maar dit was alles te laat, want Jaycee was dood.

Dit was kort na Jaycee se selfmoord, wat Logan weggeloop het uit die kinderhuis. Logan wou wegkom uit die doolhof van onderdrukking en haat sowel as verstoting.

Logan was maar net sewentien jaar oud gewees.

Die kinderhuis in Newcastle het hom in 'n mate voorberei op al die wreedhede wat die wêreld vir hom kon ingehou het, maar hy moes self die strategieë aanleer vir oorlewing. Hy het vele nagte op straat geslaap en moes in asblikke grou vir kos asook selfs partykeer steel om aan die lewe te bly, maar oorleef het hy oorleef, want dit is wat Logan is . . . 'n survivor!

Na 'n jaar se geswerf oor KwaZulu-Natal kry hy 'n handlanger werk op 'n plaas van 'n bekende perdewedrenjaer en dit is waar hy vir Valentin Barbeau ontmoet het.

Valentin het die plaas besoek op die jaarlikse hings perdetentoonstelling. Hy was beïndruk met die jong man se hardwerkendheid en het dadelik besluit dat hulle so iemand by Maison de Beautè kon gebruik.

Vir Valentin was die besluit soos om 'n nuwe motor te koop – ek hou van die een; ek koop hom. Vir Logan was dit 'n lewensveranderende besluit wat standvastigheid en verantwoordelikheid asook finansiële noemenswaardigheid inhou, sowel as die geleentheid om uiteindelik tot sy eie reg te kan kom, om vir die wêreld te wys wié is Logan nou eintlik!

Logan het sy rugsak gepak en is die Sondag na die perdetentoonstelling saam met Valentin terug na Maison de Beautè as hoof staljong - dit was drie jaar gelede gewees.

Intussen het soveel dinge verander in die drie jaar.

Logan het sy eerste vriendin ooit gemaak, Andrea. Sy is opreg en sy luister en sy oordeel nooit nie, want sy probeer altyd verstaan.

Vir die eerste keer in Logan se lewe het hy 'n werklike vaderfiguur gekry, in Valentin.

Logan krap weer in die vuur.; terwyl die wit kole smeul en dit klink kompleet asof die kole, soos sirenes, verleidelik vir hom loei.

Hy dink aan die mentors. Selfs hulle sien hom net aan as 'n arbeider en vir niks minder nie. Hy is nie 'n mens in hulle oë nie - hy is bloot net 'n voorwerp, soos 'n pion op 'n skaakbord, wat hulle rond en bont kan skuif om hulle doel te bereik.

"Logan, kry die perde reg." "Logan sorg vir dat . . ." "Logan gaan hoor of . . ." Hy voel hoe 'n woede in hom opkook, terwyl hy die stemme in sy gedagtes hoor maal.

Behalwe vir Lana en Valentin. Hulle behandel hom soos hulle al die ander mentors behandel. Hulle nooi hom sommige Sondae oor vir ete, die afgelope drie jaar was hy op Kersdag deel van hulle familie byeenkoms by hulle huis en hulle maak sy verjaarsdag ook elke jaar baie spesiaal.

Logan het 'n goeie verstandhouding met Valentin wat hy nog nooit met 'n ander manspersoon gehad het nie, hy het baie respek vir Valentin, en dit is iets wat hy gedink het onmoontlik is om ooit weer vir 'n man te kan hê.

As hy maar net kon sê dat sy huidige omstandighede alles in sy lewe verander het, maar dit het nie . . . soveel het nog steeds dieselfde gebly.

Logan het nog steeds hierdie donker gedagtes in hom, waarvan niemand weet nie. Gedagtes wat hy nog nooit met niemand gedeel het.

Hierdie gedagtes is al by hom, vandat hy as klein seuntjie in die eerste kinderhuis was. Hierdie gedagtes waarteen hy op aande soos hierdié moet baklei om hom nie te kom oorneem nie. Wanneer selfs die toneel van Jaycee se selfmoord vir hom meer aanvaarbaar is om aan te dink, as die wrede monsters wat binne in hom skuil.

Wanneer hy op 'n aand soos vanaand in die verleidelike vlamme wil duik en dans saam met die sirenes in die vuur. Wanneer hy wil deel word van die wit uitgebrande hout wat smeul en die rooi vlamme, net om weg te vlug van die donker monsters wat hom wil verteer.

Logan gaan lê op sy rug en kyk na die sterre, en so raak hy net daar aan die slaap. Met die see, die vuur en die maanlig as sy geselskap, vir die soveelste keer in jare.

Hoofstuk 8

Die res van die induksie-aand het sonder enige voorval verloop, elke mentor was aan die woord gestel en die jaarprogram was in diepte bespreek. Die reëls van Die Oord was ook weer in fynste detail met almal bespreek en elke student moes die gedragskode onderteken.

Na die induksie het die studente die geleentheid gehad om mekaar, sowel as die mentors te ontmoet. Lana en Valentin was baie opsigtelik afwesig gewees van hierdié gedeelte van die aand.

Simonè het, soos al die ander studente die eerste aand by Die Oord, baie uitgeput en met haar eie gedagtes en gevoelens asook vrese sowel as opgewondenheid in die bed gekruip. Dit was nie lank nie, voordat haar ooglede swaar geraak het en sy aan die slaap geraak het.

Sy wou veg teen die slaap . . . deels omdat sy hierdie dag nie wou laat eindig nie, maar omdat sy die opgewondenheid wou koester en elke oomblik wou indrink tot diep in haar siel in asook deels, omdat sy bang was dat wanneer sy wakker gaan word sy weer terug sou wees by haar ouerhuis en hierdie net 'n droom was.

***

Die eerste twee weke by Die Oord was gefokus op inlywing en oriëntering. Die studente is in klasse ingedeel en almal moes elke oggend stiptelik om ses dertig by die groot eetsaal by die hoofhuis aanmeld. Daar sou hulle as groot groep saam 'n baie gesonde ontbyt geniet, wat natuurlik deur Kuma Minami beplan is, en vandaar af verdaag hulle na hulle onderskeie klasse.

Kuma het elke oggend tydens ontbyt deur die groep studente beweeg met 'n notaboekie en het opgewonde geloer wat die studente se reaksie was, rondom die ontbyt wat bedien is. Vir party studente - soos Annemie - was dit 'n groot steurnis gewees en Kuma is baie vinnig laat verstaan om weg te bly, terwyl Annemie haar ontbyt nuttig.

Lana was elke oggend om ses dertig reeds al in die ontbytsaal gewees om die studente te verwelkom, terwyl daar maar bitter min van Valentin te siene was.

Vanuit die eetsaal se muur grootte glasvenster kon die studente vir Johannes elke oggend sien joga doen op die lowergroen grasperk buite. Hy het altyd meters en meters wit en rooibruin lappe aan die naaste boom gedrapeer waar naby hy joga gedoen het, terwyl sy oë vir die hele joga sessie toe was. Die perde het rustig rondom hom gestaan, terwyl hulle besig was om van die gras te vreet.

Simonè het elke oggend in vervoering geraak met die joga prentjie. Die lappe wat in die oggend se stywe briesie waai asook die vreemde hippie man wat so soepel en elasties was net soos die lappe wat aan die bome vasgemaak is. Wanneer sy na Johannes en sy lappe asook sy bome gekyk het was dit kompleet asof haar sintuie ingeskerp was op die toneel wat voor haar afgespeel het.

Sy kon die stywe briesie op haar wange voel, en die sagte druppels van die seelug op haar oogwimpers. Die getjirp van die voëltjies was so helder en duidelik, dat sy geensins eens die geluide in die eetsaal gehoor het nie. Op haar lippe kon sy die smaak van die seewater en gesnyde gras proe. Die gras was so lowergroen gewees dat dit amper onwerklik was, die lug so helder blou soos die helder blou olieverf wat haar ma altyd baie lief voor was om te gebruik, voordat die lewe vir haar so dof geraak het.

En Johannes . . . Hy het vir haar minder na 'n grillerige hippie begin te lyk en meer na 'n dissipel uit Jerusalem. Dit was amper asof die hele prentjie haar gehipnotiseer het, vir haar 'n totale rustigheid gebied het wat sy nog nooit voorheen in haar lewe ervaar het nie.

Dit was meestal Heinrich se skril gegiggel wat haar hipnose kon onderbreek. En dan kon sy eers weer met die volgende oggend se ontbyt na haar 'joga nirwana' terugkeer.

Dokter Heleen en Ishita het slegs enkele dae by ontbyt aangesluit, maar het geensins met die studente gesels soos Kuma sou nie. Dit was duidelik dat dit nie húlle eerste jaar by Die Oord was nie.

Die dae is in oggend-, middag- en vroeë aandsessies verdeel. Die studente is georiënteer in die gebied van kommunikasie en etiket sowel as persoonlike gedrag tydens hul verblyf by Die Oord. Verder is die studente se gesamentlike begrotings bespreek en daar is verduidelik dat elke chalet soos 'n gesin bedryf en bestuur sou word.

Maandae oggende tot en met Vrydae middae sou studente by die hoofhuis eet, maar vanaf Vrydae aande tot en met Sondae aande sou elke chalet verantwoordelik wees vir hulle eie etes. Studente sou elke Maandag moes 'inweeg' om te verseker dat hulle voorkoms in lyn bly met die voorkoms wat Die Oord bemark. Dus moes etes oor naweke ooreenstem met Die Oord se riglyne wat in die week aan studente geleer is.

Studente is ook self verantwoordelik vir die versorging van hulle eie wasgoed en daarom is elke chalet met 'n wasmasjien en tuimeldroër sowel as strykyster voorsien. Ook die kostes vir die versorging van hul klere sou uit hul chalet se begroting kom en alle studente moes saamstem oor die aankoop van gebruiksgoedere vir hierdie doel.

'n Paar sessies is ook gewy aan die gevare en uitwerking wat dwelms en drank op die menslike liggaam het, en studente is ook gewaarsku teen die gebruik daarvan by Die Oord. Studente kon eenmaal in drie maande Die Oord verlaat vir die naweek, maar hulle kon elke naweek na die naaste dorp toe gaan, en hieraan was daar ook streng reëls en regulasies aan verbonde gewees.

Elke aand sou die studente aan hul 'huiswerk' doenig wees en deur die loop van die eerste twee weke sou hulle die mentors ook beter kan leer ken. Hulle sou sien dat die mentors tydens die induksie aand báie vriendeliker was as tydens die klasse. En die studente sal meteens besef dat die volgende drie jaar nié 'n vakansie gaan wees nié, maar baie harde werk.

Aan die einde van die twee weke was een ding verseker gewees by elke student, Lana en Valentin sou geensins duld dat hulle wêreldberoemde oord se beeld enigsins skade aangedoen sou word deur 'n ongedissiplineerde student wat maar net te 'dankbaar' kan wees om 'n naamplaatjie te dra met die woorde: Student - Maison de Beautè nie.

Hoofstuk 9

Dit is Vrydagmiddag en die einde van die studente se twee weke induksie. Simonè en Una stap rustig na hulle chalet toe met hulle aantekeningboeke onder hulle arms. Om hulle stap die ander studente ook na hulle onderskeie chalets toe en daar is 'n opgewekte trant in die lug.

"Ek is nogal verbaas dat daar 'n dans vanaand gaan wees . . ." Una glimlag vir Simonè ". . . dit het vir my begin te lyk of ons ons self by 'n klooster ingeskryf het."

Simonè lag, en voeg ook op spottenderwyse by: "Jy moet net nie dat Lana jou hoor nie, ek is seker daar is die een of ander reël waarop sy jou kan aanvat as jy iets teen die reëls sê."

Una neem 'n posisie in soos 'n loopplank model en verander haar stem om soos Lana te klink: "Reël nommer vier punt twee drie dui aan . . ." nog voordat Una haar sin kan verander lag Simonè en Una saam uitbundig vir hulle lawwigheid.

Alhoewel die eerste twee weke streng en gereguleerd was, is Simonè reg vir die volgende drie jaar , en sy weet Una is definitief ook. Die streng reëls en die fokus daarop gedurende die induksie program, is die algemene bespreking onder die studente. Dit is maklik om te sien wie van die meisies uit geordende huise kom en wie van hulle die 'baas' in die huis was.

Simonè, Una en Heinrich het in die afgelope twee weke baie hegte vriende geword, terwyl Annemie haar self nogsteeds op 'n afstand hou. Sy het hulle baie duidelik laat verstaan, dat sy haarself as verhewe bo hulle sien en dat nie een van hulle 'n vriendskap van haar af moet verwag nie. Alhoewel sy dit nie vir hulle in soveel woorde gesê het nie, kon hulle dit baie duidelik uit haar optrede waarneem.

Heinrich se stem onderbreek Simonè en Una se geselsie: "Haai julle twee!" Hy kom huigend by hulle aangedraf.

"Waarnatoe Gehasi?" vra Una met haar ewe besorgde geaardheid.

"Ek gaan vanaand vir Valentin sien . . ."

"Ja . . . en ons ook . . ." Una en Simonè lyk nou baie verward met Heinrich se opmerking.

"Nee man, ek het 'n afspraak met hom gemaak. Ek wil met hom praat, sodat ek hom omverskoning kan vra."

"Omverskoning? Oor wat?" Una lyk nog steeds besorgd en verward.

"Oor daardie eerste aand, nadat hy so kwaad was vir my, skattie."

Die insiggewende oomblik kom tot Simonè en Una, wanneer Heinrich hulle herinner aan die vernederende kyk wat Valentin vir hom gegee het met die inleidingsgesprek.

"Ai Heinrich, ek kan nie glo dat dit jou nog steeds pla nie."

Simonè sit haar arm op Heinrich se skouer waar hy homself in die middel van die twee meisies ingewurm het.

"Natuurlik pla dit my nog steeds! Die mooiste man wat ek in my hele lewe gesien het, saam met wie ek nog vir die volgende drie jaar van my lewe gaan wees, is kwaad vir my! So kan ek nie aangaan nie . . . ek móét dit gaan reg maak!" Hy maak sy bekende hand gebare tesame met sy dramatiese verduideliking.

Die twee meisies se harte smelt vir hulle nuwe vriend in hul lewens en hulle haak hulle arms by hom in en so stap die drie na chalet nommer vier, baie opgewonde oor die dans wat voorlê.

Andrea stap al huppelend af na die perdestalle. Sy is baie opgewonde oor die jaarlikse dans wat die aand gaan plaasvind. Sy het 'n yskoue blikkie koeldrank in haar een hand en die tweerigting radio in haar ander hand.

Sy is op pad na Logan wat gewoonlik by die perdestalle is.

Sy weet baie diep in haar hart, dat Logan nooit oor haar sal voel, soos wat sy oor hom voel nie en juis daarom koester sy hulle vriendskap soos dit nou is. Sy weet Logan vertrou en waardeer haar en vir solank as wat dit so kan bly, sal sy hulle vriendskap so hou.

Sy wonder of Logan ooit weet hoe sy werklik oor hom voel? Hoe sy snags oor hom droom? Hoe sy nie kan wag om sy stem in die oggende te hoor as hy by die ontvangsarea in stap nie?

Sy besef dat as hy dalk sou uitvind hoe sy werklik oor hom voel, dat hulle kosbare vriendskap daarmee heen sou wees. Sy kan baie duidelik sien dat Logan bang is vir verhoudings. Sy neem hom geensins kwalik nie. Sy kan maar net wonder oor wat in sy verlede gebeur het, en die seer wat hy al deur moes gemaak het. Hy praat nooit van sy ouers nie en sy kan sien as sy van haar ouers praat maak dit hom baie ongemaklik.

Sy weet hy deel nie graag sy gedagtes nie, maar as hulle saam is sien sy die hartseer in sy oë.

Sy wil graag daar vir hom wees . . . vir altyd.

"Ek het vir jou 'n blikkie koeldrank gebring," sy probeer om nie te bloos, wanneer sy die koeldrank vir Logan gee nie.

Hy het sy hemp uitgetrek en die sweet druppels loop by sy ruggraat af en die spiertjies op sy rug spring soos wat hy die perd borsel wat voor hom staan.

"Baie dankie, jy is 'n saint . . . as always." Logan glimlag vir sy vriendin. Hy gooi sy kop agteroor en sluk die koeldrank met een lang sluk af. Andrea kyk hoe sy ademsappel op en af in sy keel beweeg soos hy sluk.

"Gaan jy dans toe kom vanaand?" en sy hoop van harte dat hy 'ja' sal sê.

"Ek weet nie . . . jy weet mos sulke dinge is nie vir my nie."

"Ek weet jy hou nie daarvan nie, maar ek sal jou graag daar wil hê, sal jy saam met my kom asseblief? Ek wil nie alleen gaan nie."

Sy kan sien hy oorweeg dit, terwyl hy die laaste slukkie van die koeldrank uit die blikkie drink.

"Goed dan, maar net omdat jy gevra het sal ek kom . . . maar ek wil nie te lank bly nie. As dit reg met jou sal wees?"

"Baie dankie Logan. Ek waardeer dit baie. Ek sien jou dan net na sesuur vanaand? Ek moet gaan, want die ontvangsarea is nou al te lank sonder my. Nou-nou is ek weer in die moeilikheid."

"Sien jou dan vanaand . . . Andrea . . ."

Andrea het al begin stap en draai om na Logan toe.

"Ja, Logan . . . ek sien jou dan vanaand."

"Baie dankie vir die koeldrank," Logan draai om en borsel die perd verder.

Andrea sou so graag ander woorde wou hoor by Logan, maar sy weet hy sukkel om sy gevoelens uit te druk.

Sy stap met 'n opgewondenheid in haar terug na die ontvangsarea, haar plekkie waar sy weet sy die beste en baie belangrikste persoon van Die Oord is.

Hoofstuk 10

Simonè stap af na die kombuis en gooi vir haar 'n glas yskoue water in 'n lang glas. Terwyl sy by die wasbak staan, sluk sy die water rustig af en haal diep asem, terwyl sy dit doen. "Dit is net jy alleen Simonè! Jy doen dit vir jou self!" sê sy vir die soveelste keer in haar kop vir haar self.

Sy voel hoe haar hart se ritme weer na normaal terugkeer.

Wanneer sy omdraai, skrik sy vir die figuur in die voordeur.

"Jammer dat ek jou laat skrik het."

Dit is Logan . . . Die staljong wat haar die eerste dag gehelp het met haar koffers.

Sy sluk 'n slaag van verligting af.

"Dit is ok . . . Ek was maar net in gedagte gewees."

"Iemand het geskakel en gesê dat julle wasmasjien probleme gee? Ek moet kom kyk of ek dalk kan help."

"O, ek is nie heeltemal seker nie, want Heinrich is hierdie week verantwoordelik vir die wasgoed. Dit is dalk seker maar net hy wat dit gerapporteer het. Kom solank gerus binne."

Nadat Logan vanuit die laatmiddag son in die chalet instap, lyk hy vir Simonè kompleet soos 'n jong held uit die Griekse mitologie. Tipies een van die jong seuns van die konings wat tuis moes bly om na die koninkryk te kyk en te beskerm, terwyl hulle vaders op seereise was. Een van die jong helde wat jong meisies se harte verower het, en wie se verhale amper altyd op 'n tragiese einde gekom het.

Sy wonder of Logan 'n tragiese verhaal het? Hoe het hy híer op geëindig? Het hy iemand wat vir hom baie lief is?

"Jy is ons hero!" Heinrich wals in en - oordadig soos altyd - bedank Logan vir dit wat hy nog nie eens gedoen het nie.

Simonè kan sien Logan voel ongemaklik in Heinrich se teenwoordigheid.

Heinrich stap al walsend na die wasmasjien toe en gee die wasmasjien 'n ligte spelerige skop. "Dit wou nie die ding laat werk nie," Simonè glimlag. Teen hierdie tyd ken sy al Heinrich se humorsin, maar sy sien Logan dink nie dieselfde as sy van die 'grappie' nie.

Logan sit sy klein gereedskapkassie neer en skuif die wasmasjien van die muur af weg. Hy vroetel rond by die wasmasjien en sê in 'n sagte stem: "Ek kort 'n onderdeel om die wasmasjien te kan reg maak - ek sal dit môre kom doen."

En so vinnig as wat Logan by die chalet opgedaag het, net so vinnig is hy weer daaruit.

"Sjoe hy is jummy, skattie!" Heinrich pof sy lippe in 'n kastige soen posisie en dan lek hy sy lippe af, terwyl hy na deur die kyk.

Simonè giggel en herinner Heinrich dat hy nie betyds gaan klaar wees vir sy afspraak met Valentin as hy so voortgaan met die stuitigheid nie.

Hy trippel na sy kamer en met 'n groot gegiggel slaan hy sy kamer se deur toe.

Terwyl Simonè by die trappe opstap na haar kamer, kan sy nie help om te wonder watse pyn Heinrich alles saam met hóm dra nie.

Dit kan geensins maklik wees om gay te wees en elke dag nog boonop verstoot te word nie. Om elke dag daaraan herinner te word dat jy anders is, as ander mense. Sy wonder hoe lank en hoeveel pyn hy al moes verduur het, om te kom waar hy vandag is?

Vanuit Simonè se klein kamervenstertjie kan sy die somerson sien wegraak en die nag sien plek inneem.

Sy hoor hoe die krieke en paddas hulle stemme begin opwarm en sy hoor die seebries oor die heuwels waai.

Sy kan voel hoedat vanaand 'n spesiale aand gaan wees; asook een om vir nog baie lank te kan onthou.

Hoofstuk 11

Valentin sluk die skoon whiskey met een sluk af. Dit was 'n baie moeilike week gewees. Prokureurs, Lana, dokter Heleen . . . die hele spul.

As hy sy sin kon gekry het, verkoop hy die plek en gaan bly hy weer in Frankryk. Waar hy net hom self kan wees.

Hy is moeg vir al die toneelspel.

Vir die elke dag se 'Lana en Valentin dit' en 'Lana en Valentin dat'.

Maar hy kan nie net Die Oord verkoop sonder dat Lana en Heleen albei instem nie.

En dit is wat die prokureurs hierdie week bevestig het.

Hy het ook nie genoeg kapitaal om hulle uit te koop nie. Die Oord bestaan te danke aan Lana se portefeulje en Heleen en haar span.

Hy haat Heleen!

Valentin sit in 'n doodloopstraat.

Hy is in 'n huwelik wat vir hom absoluut niks beteken nie en in 'n besigheid wat hy ook deel van is, maar ook net by wyse van genetika.

As sy rondloper pa net by sy ma gebly het! Dan sou al hierdie dinge nie so anders en ingewikkeld gewees het nie.

Hy voel hoe sy hart al hoe vinniger begin klop en hoedat die haat weer in hom begin te opbruis.

Hy skink nog 'n dubbele whiskey in.

Hy sluk dit hierdie keer ook net so vinnig af.

Hy skink weer vir hom nog 'n dubbele whiskey.

As hy net van al die frustrasies binne in hom kan ontslae raak. Hy voel soos 'n dinamietkers wat enige oomblik gaan ontplof.

Hy kort net die aansteker se vlam!

Lana stap by die woonkamer in. Sy kyk na hom met diepe teleurstelling en afsku.

Sy skink vir haar self ook 'n whiskey in, maar sy gooi by haar whiskey ys by.

Valentin gaan sit op die leuenstoel wat sy pa se gunsteling stoel was. Hy kruis sy bene en kyk uitdagend na Lana.

Lana staan met haar rug na hom, en neem 'n sluk van haar whiskey en vra uit verpligting: "Gaan jy so gaaf wees om ons met jou teenwoordigheid te bevredig by die dans vanaand?"

Hy antwoord haar nie.

Maak net klein swaai bewegings met sy glas en hou die whiskey daarbinne dop.

"Ek vra."

"Ek het gehoor wat jy vra!"

"Ek het 'n afspraak," Valentin het 'n baie sarkastiese toon in sy stem.

Sy oë is so uitdagend soos twee boksers wat voor 'n boksgeveg, gereedmaak om mekaar te takel, maar hulle wag vir die klok om te lui.

"'n Afspraak? Met wie? Waar?" Lana klink baie bekommerd.

"Hier, by die huis - met jou gunsteling mansstudent."

Valentin staan op en stap na Lana. Hy staan skouer teen skouer met haar, kompleet asof hy haar wil uitdaag.

"Valentin, moet asseblief om hemels naam nie iets onverantwoordeliks aanvang nie, jy weet ons kan nie . . ."

Nog voor Lana haar sin kon klaar maak, val Valentin haar in die rede.

"Ons kan nie wát nie, my líéfste? Ons kan tog net nie die toneelspel opgee nie? Of ons kan net nie uiting gee aan ons diepste donkerste begeertes nie?"

Die sarkastiese stemtoon word een van emosionele wreedheid en uitdaging, want dit kom uit 'n donkerte van Valentin se siel wat Lana eenmaal vantevore gehoor het, en dit was baie jare gelede gewees.

'n Stemtoon wat sy gehoop het sy nooit ooit weer in haar lewe sou hoor nie.

"Valentin, asseblief . . ." haar stem word bewerig en sy voel hoedat haar lyf lam begin te raak, terwyl Valentin by die woonkamer uitstap en die deur hard toeslaan.

Sy hoor hoe hy aan die anderkant van die deur iets in Frans sê, en dan hardop asook boos begin te lag.

En al wat sy kan doen is om moed bymekaar te skraap en soos gewoonlik die afgelope veertien jaar 'n vals gesig op te sit en die wêreld met moed aan te pak.

Hoofstuk 12

Die groot eetsaal in die hoofhuis is pragtig versier en dit laat 'n mens terug dink aan 'n hoërskool valenstynsbal. Lana kry elke jaar die beste geleentheidsbeplanners in KwaZulu-Natal om hierdie dans bal te organiseer, van die versiering van die saal tot en met die musiek asook spyseniering. Die dans is elke jaar 'n groot sukses en het al so 'n tradisie geword by Maison de Beautè.

Vir Lana is hierdie 'n geleentheid wat sy elke jaar skep vir haar studente om te ontspan ná 'n intensiewe twee weke se sessies, asook om hulle gereed te maak vir die opleiding wat voorlê. Die intense drie maande opleiding sessies begin komende Maandag en dan sal daar maar min tyd vir pret wees by Die Oord.

Die studente begin ongeveer teen sesuur in kleingroepies in die saal inbeweeg en 'n positiewe energie begin die atmosfeer te vul. Die meisies skink vir hulle van die pons op die tafels en hulle geniet ook van die gesonde snoepery, terwyl ligte agtergrond musiek die atmosfeer vul.

Simonè en Una stap saam by die saal in en is in verwondering oor hoe pragtig die saal lyk. Hulle is albei opgewonde en stap saam na die tafels waar die drink- en eetgoedjies is.

Simonè het 'n driekwart denimbroek aan met 'n wit katoenbloesie en wit sandale. Haar toonnaels is met 'n ligte blou naellak geverf en haar blonde hare blink in die fluoressent lig. Die pêrel oorkrabbertjies wat sy aan het, het haar pa vir haar gegee met haar agtiende verjaarsdag.

Una is in 'n vlootblou snyerspakkie geklee en het ook 'n blou strikkie in haar kort bruin hare. Haar grimering is donker en sy het donkerblou plat skoene aan. Sy lyk soos 'n feëtjie wat uit 'n sprokiesverhaal geklim het. Sy kort nog net haar towerwand.

Die musiek begin al hoe harder raak en die meisies begin in groepies op die dansbaan saam te drom en hier en daar is daar 'n brawe meisie of twee wat 'n paar danspassies begin uitvoer.

"Waar is Heinrich?" Simonè moet effens harder praat, sodat Una haar kan hoor bo-oor die harde klanke van die musiek.

"Hy moet vir Valentin sewe-uur by sy huis gaan sien," Una glimlag en neem 'n groot sluk van haar pons.

"O ja! Ek hoop hy sorteer dit nou uit, sodat sy siel kan rus vind." Die deernis wat Simonè vir Heinrich het is baie duidelik hoorbaar in haar stem.

"Ja . . . en ons s'n ook! Kom ons gaan dans!" Una gryp vir Simonè aan die hand en die twee strompel saam-saam na die dansvloer toe.

Die ligte in die saal verander van ligpienk na pers en dan weer na blou. Die meisies dans en lag saam amper asof hulle geen bekommernisse in die wêreld het nie.

In die afgelope twee weke wat verby is, het die twintig studente mekaar baie beter leer ken en daar is reeds al 'n band gevorm vir die volgende drie jaar wat voorlê.

Annemie het vriendinne met meisies uit ander chalets gemaak, en so het die natuur weereens bewys dat soort; soort soek.

Simonè, Una en Heinrich het ook beste vriende geword en hulle het ook heerlik met Andrea - die ontvangsdame - gesels in die eerste twee weke.

Dit is tydens die derde dans wat Simonè besluit het om 'n blaaskans te neem en terselfdertyd stap Andrea en Logan saam by die saal in.

Andrea het 'n heldergeel rokkie aan tesame met kniehoogte bruin stewels en haar hare is ook gekrul. Sy straal behoorlik van opgewondenheid.

Logan stap so half agter haar in en lyk so teruggetrokke soos met die eerste dag wat Simonè hom gesien het. Hy het 'n wit T-hemp aan en 'n denimbroek. Al verskil tussen sy aanddrag en sy werksklere, is dat hy sy hemp aan het en nie by die kant van sy broek ingedruk het nie.

Simonè voel hoedat haar hart al hoe vinniger klop wanneer sy hom sien.

Sy sien weer Logan se bruin oë. Daardie bruin oë wat vol van 'n duisend stories is. Sy hare speel met die lig in die saal en sy bruin arms wat by sy hemp se moue uitsteek, is die arms van die jong Griekse mitologiese prins wat vroeër by die chalet hulle wasmasjien probeer regmaak het.

Simonè wonder dadelik of Andrea en Logan 'n paartjie is, want sy sien nie dat hulle hande vashou nie. Sou Lana en Valentin dit toelaat dat personeellede 'n verhouding aanknoop?

Andrea sien vir Simonè en knik vanaf die oorkant van die saal, om te wys dat hulle na haar toe gaan kom. Simonè besef meteens dat sy haar hartklop en blosende wange onder beheer moet kry, terwyl Logan na haar toe aangestap kom.

"Hi Simonè! Jy lyk pragtig vanaand!" Andrea se stemtoon is helder en opreg. Sy gee vir Simonè 'n drukkie en staan so effens nader aan Logan.

"Jy ken mos vir Logan?"

"Baie dankie Andrea, jy lyk ook baie mooi vanaand. Ja, ek ken vir Logan." Simonè glimlag vir Logan en probeer haar bes om nie te bloos nie.

"Die saal lyk regtigwaar pragtig," probeer Simonè die onderwerp so vinnig as moontlik verander.

"Ja . . . Lana doen elke jaar baie moeite met die bal."

'n Ongemaklike stilte kom rus tussen die drie.

'n Paar sekondes verloop – dit voel vir Simonè soos 'n paar minute.

Logan besluit om die ongemaklike stilte te verbreek.

"Kan ek vir julle iets kry om te drink?"

Andrea stel belang en Simonè wys die aanbod van die hand. Logan verlaat hulle en met die sluit Una by die twee meisies aan.

Die drie meisies gesels oor ditjies en datjies en Una en Andrea besluit om op die maat van die nuutste treffer liedjie te gaan dans.

Logan kom terug met twee glase pons.

Simonè glimlag verleë vir Logan.

"Andrea het gaan dans . . ."

"Ek sien . . ." Hy kyk in die rigting van die dansbaan en glimlag net.

Vir die eerste keer lyk dit of Simonè die ware Logan sien en daar is geen mure sowel as geen wagte nie . . . net Logan.

Dit laat haar ook 'n klein bietjie meer ontspan in sy geselskap.

"Waar kom jy vandaan?" Die vraag spring sommer uit haar mond uit nog voordat sy dit kon keer.

"Ek kan jou nie so mooi hoor nie," Logan wys vir haar dat die musiek te hard is.

Simonè leun nader aan Logan en vra in sy oor: "Waar kom jy vandaan?"

Die oomblik tussen haar vraag in sy oor en wanneer sy weer terugkeer na haar regop staande posisie voel vir Simonè soos een van die malemeule ritte by Gold Reef City.

Is dit dalk van die pons . . . die musiek . . . die ligte?

Haar kop voel of dit druis en alles is in stadige beweging om haar. Al wat sy in fokus het . . . al wat helder is, so helder soos Johannes se joga lappe in die oggendlug, is Logan se bruin nek . . . en sy reuk.

Hy ruik soos iets wat sy nog nooit vantevore geruik het nie . . . nie soos een van haar vorige kêrels nie . . . nie soos haar pa nie . . . soos geen man wat sy nog ooit vantevore geruik het nie.

Wat is dit aan Logan wat haar so affekteer?

Sy hoor niks eens wat hy sê nie.

Sy weet hy praat, maar sy woorde bereik haar nie.

Sy kan sy lippe sien beweeg, maar hoor geen klanke nie.

Sy probeer haar balans behou. Die pienk en blou en pers ligte dans alom hulle. Sy probeer baie hard om haar liggaam onder beheer te kry. Miskien moet sy 'n bietjie water eers gaan drink en daarna moet sy 'n bietjie vars lug ook gaan skep . . . of moet sy vir Logan kry . . .?

Andrea en Una sluit by hulle aan kompleet asof hulle gestuur is.

"Kom dans julle twee," Una is al uitasem uit, maar sy is al so uitgehonger vir 'n partytjie dat sy haar alles gaan gee vir die aand.

"I don't dance" sê Logan kortaf en kil.

Simonè sien dat Logan se mure weer op is.

Simonè sien dadelik hoe hy verander, nadat Una by die geselskap aangesluit het.

Andrea gaan staan aan Logan se sy en fluister iets in sy oor. Una sleep vir Simonè weereens dansvloer toe en wanneer sy weer omkyk na waar Logan staan, sien sy hoe hy vir haar kyk, terwyl Andrea met hom gesels.

Andrea het dit ook raak gesien.

Simonè kyk vinnig weg en begin dans met haar rug na Andrea en Logan toe. Sy wil definitief nie tussen Andrea en Logan konflik veroorsaak nie. Sy kan duidelik sien dat Andrea baie van Logan hou, maar die vraag is . . . Hoe voel Logan oor Andrea?

Simonè moet haar self bedwing om nie oor haar skouer kort-kort te loer nie en genadiglik kry sy dit vir een hele dans reg om nie in sy rigting te kyk nie. Nadat die liedjie klaar gespeel is, kyk sy om en sien hoedat Andrea alleen by die pons tafel staan en hoedat Logan by die saal uitstap.

Sy weet nie of sy verlig of teleurgesteld is nie.

Una en Simonè stap saam na Andrea waar sy alleen eenkant staan.

"Waar is jou kêrel?" Una flikker haar oogwimpers vir Andrea spottend en skink vir haar nog 'n glas pons in.

"Hy is nie my kêrel nie." Andrea kyk vir Simonè en Simonè probeer haar bes om nie nóú oogkontak met Andrea te maak nie.

"Ons is net vriende en hy wou in elk geval nie lank gebly het nie. Hy moet buitendien 'n ding of twee by Valentin gaan hoor - iets in verband met die perde of so iets."

Una is kompleet soos 'n pitbull: "Maar jy hou van hom, nè?" Sy stamp liggies met haar elmboog in Andrea se sy en glimlag breed.

"Ek dink enige meisie wat nie blind is nie, sal van hom hou" Andrea speel saam en probeer haar pyn wegsteek met die grapmakery.

Sy het gesien hoedat Logan vir Simonè kyk. Hy het nog nooit so vir 'n ander meisie gekyk by Die Oord nie. Sy het ook gesien, hoedat Simonè na Logan weer kyk. Dit is 'n pynlike herinnering dat Logan nooit hare sal wees nie.

"Kom julle twee, kom ons gaan dans." Andrea neem vir Una en Simonè aan die arm en die drie meisies gaan dans in 'n kringetjie tussen die ander meisies.

Sy hou van Simonè en as Logan van Simonè hou dan sal sy baie bly vir hulle twee wees. Sy weet iewers is haar pot se deksel . . . as Logan maar net haar deksel kon gewees het.

Hoofstuk 13

Heinrich staan voor die spieël in sy kamer. Dit is donker buite en hy hoor hoe die branders in die verte teen die rotse breek. Hy hoor ook die krieke buite die chalet. Binne in sy kamer hang 'n oordonderende reuk van sy reukweerder.

Hy kyk na hom self. Hy sien nie die Heinrich wat die buite wêreld sien nie. Hy sien nie die vreemde jongman wat grimering dra nie, asook sy hare wat stokstyf gejel is en met 'n skril stemmetjie wat 'n vertrek kan oorneem nie.

Hy sien die Heinrich wat as 'n klein seuntjie deur sy pa verstoot is, omdat hy nie soos sy boeties was nie. Die Heinrich wat mooi kan teken sowel as mooi kan sing en 'n liefde vir die mooimaak van mense het.

Hoekom kon sy pa dit net nooit raakgesien het nie?

Die kyk wat Valentin hom gegee het die eerste aand, het hom so bitter seer gemaak. Dit het hom dadelik laat dink aan die kyke wat sy pa hom soveel keer al vantevore gegee het. Dit is dieselfde kyke wat hom verstoot het en die kyke wat hom hard gemaak het. Wat hom weggehou het van die doodsbed van sy pa.

Maar met Valentin kan hy nog regmaak. Valentin het hom immers aanvaar by wyse van toelating by Die Oord. As Valentin kan sien hy is ernstig oor sy studies en sy loopbaan, dan kan hulle twee op 'n skoon en nuwe bladsy begin. Wie weet . . . hy word dalk nog die beste student by Die Oord.

Heinrich steek sy wit hemp by sy swart denimbroek in, en maak vir 'n laaste keer seker sy hare is perfek en stap by die chalet uit na Valentin se huis. Dit is ongeveer tien voor sewe.

***

Logan stap oor die uitgestrekte grasperk na Lana en Valentin se huis. Hy móét met Valentin gaan praat oor Storm, die Arabierhings wat siek is. Valentin het vir hom streng voorskrifte gegee oor die perde wat hy moet navolg.

Storm wou nie vandag uit die stal nie en dit lyk of die perd aan hom self begin te kou. Logan het dit al vantevore gesien. Hy moet met Valentin daaroor praat.

Hy weet hoe voel Valentin oor die perde. Dit lyk vir Logan of die perde eintlik die enigste iets op Die Oord is wat vir Valentin iets beteken. Valentin is nie regtig gepla oor die studente of gaste nie. Hy speel sy rol as gasheer, maar hy kan sien as Valentin by die perde is dan word hy lewendig.

Hy sien in die verte hoe Lana in 'n golf karretjie klim en na die hoofhuis ry. Hy weet sy maak elke jaar 'n toespraak by die dans. Sy is baie betrokke by die studente en hy admireer haar daarvoor.

Hy het al so baie gefantaseer dat as hy eendag sy biologiese ma sou ontmoet, dat sy soos Lana sou wees. 'n Regte dame, wat saggeaard is, en respek het vir ander . . . Mooi van binne asook van buite. 'n Liefde in haar oë wat hom sal inneem en vashou en nooit weer sal laat seerkry nie.

Maar sy biologiese ma is 'n dwelmverslaafde hoer en 'n prostituut wat te dom was om voorbehoeding te gebruik. Wat enige iets sou doen; vir die volgende hand vol dwelms.

Hy haat haar . . . hy ken haar nie, maar hy haat haar daarvoor.

Oor sy biologiese ma het hy ook al baie gefantaseer.

Fantasieë wat hy langs die warm aandvuur kry as die donker monsters in sy siel uitkom en hom saam met hulle wil neem na 'n hel waar hy nooit weer wil wees nie.

Lana waai vir hom wanneer sy verby hom ry. Dit ruk hom terug na die hede.

Sy lyk so pragtig vanaand. Sy het 'n swart aandrok aan en haar skouerlengte hare is effens gekrul. Haar oë glimlag saam met haar mond wanneer sy vir hom waai. Hy waai terug en stap die effense heuweltjie op na Lana en Valentin se huis.

Logan sien uit die hoek van sy regteroog dat daar nog iemand na die huis toe aangestap kom. Hy gaan staan stil om te sien wie dit is, want dit is ook 'n manspersoon. Dit is definitief nie een van die personeel nie, want hulle sal nooit hierdie tyd van die aand hier rondloop nie. Hulle gaan in elke geval ook gewoonlik Vrydae na hulle onderskeie huise toe, iewers in die platteland.

Hy stop en trek sy oë op effense skrefies om te sien wie dit kan wees . . . dit is Heinrich.

Hoekom sal hy na Lana en Valentin se huis gaan? Daar is dan 'n dans vir al die studente by die hoofhuis se saal?

Hy gaan staan agter een van die bome op die lowergroen grasperk en besluit om eers te kyk wat Heinrich gaan doen, want hy wil tog nie saam met Heinrich by Valentin opdaag nie. Hy voel ongemaklik in vreemde mense se teenwoordigheid; en dan is daar die ongemaklike feit dat Heinrich hom so baie aan Jaycee laat dink.

Logan sien hoedat Heinrich op die voorstoep gaan staan en 'n paar keer diep asem haal. Hy sien ook hoe hy die klokkie druk. Heinrich staan daar vir 'n paar minute, voordat die voordeur oopgaan. Dit is Valentin self wat die deur vir hom oopmaak. Hy druk sy kop by die voordeur uit en kyk links en regs, so amper asof hy wil sien of daar iemand anders buite is. Dan sit hy sy arm op Heinrich se skouer en nooi hom binne.

Logan kruip skielik agter die boom weg. Hy wonder waarom is Heinrich by Valentin en nie by die dans nie? Hoekom is Valentin by die huis en nie saam met Lana by die dans nie?

Hy besluit dat hy wil gaan kyk wat hier aan die gaan is.

Sy stap het nou verander in 'n ligte draffie. Hy hoor hoe sy asemhaling al hoe vinniger raak. Die onheilspellende gedagtes bly in sy gedagtes maal. Hy gaan staan stil 'n paar tree van die huis af en sien vir Heinrich en Valentin deur 'n venster waar hulle in die woonkamer is. Hy gaan buk onder 'n vensterbank wat in die woonkamer inkyk, dit is die perfekte hoogte, sodat niemand hom van binne af sal kan sien nie.

Hy kan nie hoor waaroor hulle praat nie, maar hy kan wel sien dat Valentin nie baie vas op sy voete is nie. Sy professionele voorkoms wat Valentin deur die dag handhaaf is baie ver verwyderd van wat Logan hier vanaand sien. Sy hemp is oopgeknoop en hy lyk gekoördineerd . . . Valentin is dronk.

Heinrich doen meeste van die praatwerk.

Dit lyk nie of Valentin enigsins luister nie. Hy skink net een na die ander whiskey en sluk dit dan vinnig af. Heinrich trippel al hoe meer rond en lyk baie senuweeagtig. Dit lyk kompleet asof hy iets probeer verduidelik, dalk smeek hy.

Logan sien hoedat Valentin sy whiskey glas neersit en doelgerig op Heinrich afstap. Logan staan effens op, dalk gaan Valentin nou vir Heinrich te lyf gaan en hy sal moet probeer help as dit gebeur.

Maar wat volgende gebeur is die heel laaste ding wat Logan ooit in sy lewe sou verwag het.

Terwyl Heinrich nog verward staan en verduidelik, stap Valentin doelgerig op Heinrich af en gaan staan teenaan sy lyf. Valentin vat Heinrich se gesig in sy twee hande en hy druk sy lippe nader aan syne en soen hom. 'n Harde soen wat meer uit haat en wraak gebore is as uit liefde en passie.

Logan val agteroor in die bedding. Hy voel sy hartklop vlak in sy bors, hy hoor dit hard in sy ore. Hy is bang hulle sien hom en hy begin weer te hardloop.

In die donker nag in . . .

Na al die monsters wat daar wag . . .

Hoofstuk 14

Heinrich stap uit Valentin se huis uit. Dit is net na nege uur.

Hy is verward en hartseer. Dit wat nou net gebeur het, is nie wat hy wou gehad het nie.

Is dit hoekom hy toegelaat is by Die Oord . . .?

Om 'n 'speelding' vir Valentin te wees?

Weet Lana regtig hiervan?

Valentin het dit wel so duidelik vir hom gesê . . .

Hulle was dan immers in Valentin en Lana se bed gewees.

Hy voel so vuil. Hoe kon hy so dom gewees het? Hy moes nie alleen daarheen gegaan het nie. Maar hy het nie geweet wat gaan gebeur nie, hoe sou hy ooit kon weet wat was Valentin se planne met hom vanaand?

Valentin het soveel dinge vir hom vanaand gesê; dat Heinrich nou glad nie kans sien vir die volgende drie jaar wat voorlê nie.

Dit voel of hy weer terug is in standerd agt . . . terug is in meneer De Necker - die biologie onderwyser - se klas.

Hy wil huil, skree . . . weghardloop! Waarom moet sy lewe so moeilik wees . . .?

Hy kan nie nóú na die dans toe gaan nie. Una en Simonè gaan sien dat iets hom pla, en hy is bang dat hy dit nie baie goed vir hulle kan wegsteek nie. Hy sal maar chalet toe gaan en daar gaan huil in sy kamer!

Heinrich stap weer dieselfde paadjie af al langs die lowergroen grasperk na die chalet toe, net soos wat hy vroeër vanaand gestap het. Sy hart lê diep in sy skoene en die trane is baie vlak in sy oë.

Skielik voel Heinrich 'n harde hou teen die agterkant van sy kop. Dit laat hom vorentoe steier tot op sy knieë. Hy keer met sy hande om nie plat op die gras te val nie en kom hande viervoet op die lowergroen grasperk te lande.

Die pyn in sy kop is onuithoudbaar . . . Hy voel met sy linkerhand aan die agterkant van sy kop en sy kop is nat . . . Hy kyk na sy hand . . . In die maanlig lyk sy hand donkerrooi en hy besef dat dit bloed is!

Terwyl hy nog so gebukkend staan, voel hy weer 'n hou hom tref, maar hierdie keer is dit teen sy regterkantste elmboog. Sy arm knak in twee en hy val plat teen die grond. Op dieselfde tyd draai hy sy kop om te kyk wat het hom getref. Heinrich moet fokus, want die bloed - van die hou teen sy kop - het in sy oë begin te invloei. Nog voordat alles vir hom in fokus kan kom, sien hy die agterkant van 'n graaf en meteens word alles swart voor hom . . .

****

Heinrich word weer wakker.

Hy lê op sy rug en in 'n waas sien hy die hemelruim bokant hom.

Die pyn in sy kop word net oortref deur die pyn van sy gebreekte elmboog.

Hy voel steekpyne in sy nek en voel hoe daar straaltjies vloeistof by sy nek afvloei. Is dit sweet . . .? Dit kom direk van die pyn af . . . met 'n skok besef Heinrich dat die warm straaltjies vloeistof wat hy by sy nek voel afvloei, sy eie bloed is.

Hy beweeg . . . maar nie van self nie . . . hy word gesleep.

Hy voel die ligte aand briesie teen sy vel sowel as gras en klippe onder hom en dan besef hy meteens dat hy heeltemal kaal is.

Hy weet nie hoe lank hy sy bewussyn verloor het nie. Dit kan minute wees of selfs ure, maar al wat hy weet is dat hy nou in die moeilikheid is!

Die steekgevoel in sy nek is onuithoudbaar. Hy beweeg sy linkerhand subtiel na sy nek en voel dat daar doringdraad om sy keel gedraai is. Die klein dorings van die draad kloof deur sy vel, en die bloed sypel deur die slote wat die draad maak. Heinrich besef meteens dat die persoon wat hom met die graaf aangeval het, hom nou sleep met die doringdraad wat om sy nek vasgemaak is.

Hy begin woel en probeer omdraai om regop te kan kom, sodat hy los kan kom, en ook om weg te kan kom. Hy probeer sien wie sleep hom, maar die draad is so styf om sy nek dat dit sy bloedvate toedruk en sy vel net al hoe verder skeur as hy in 'n sekere posisie probeer draai.

Skielik stop hulle . . . Heinrich besluit om sy oë toe te maak, want hy gaan probeer om die persoon wat hom sleep te flous, so dat die persoon moet dink, hy is nog nie by sy bewussyn nie, en sodra die geleentheid reg is gaan hy al sy kragte inspan wat hy oor het en probeer om weg te kan kom.

Heinrich voel hoe 'n voet hom in sy, sy druk en hoe die persoon hom met sy momentum op sy maag rol.

"Nou is my kans!" dink Heinrich en hy probeer weer 'n keer om regop te kom. Hy probeer weer in 'n hande-viervoet posisie staande kom, maar hy is net te swak al. Hy het soveel bloed verloor en hy is baie duiselig. Sy gebreekte arm en twee houe teen sy kop maak dit onmoontlik vir hom om regop te kan kom. Dit voel alles net tevergeefs.

Die laaste hou wat op sy kop neer gefel word, is so hard dat dit sy skedel breek. Twee van sy tande skiet uit sy mond en sy hele liggaam val neer soos 'n gebou wat deur 'n dinamietkers tot niet gemaak word.

Die moordenaar sit die graaf waarmee hy Heinrich se skedel vermorsel het, langs sy lewelose liggaam neer en neem die gedeelte van die doringdraad waarmee hy vir Heinrich gesleep het in sy hande. Met die dik veiligheidshandskoene voel hy nie eens die skerp dorings wat Heinrich se vel vermink het nie. Hy kyk na die boom waarby hy staan en kyk na die takke.

Hy gooi die lang gedeelte van die doringdraad oor die dikste tak van die oeroue boom en hys Heinrich se liggaam teen die tak op. Toe Heinrich hoog genoeg gehys is, draai hy die draad 'n paar keer om die bas van die boom en slaan die laaste stuk met 'n spyker in die boom vas. Die hoeveelheid draad wat om die boom gedraai is, sal Heinrich se lyk ophou, totdat die son die volgende oggend begin te skyn.

Die bloed wat uit Heinrich se skedel kom vloei in strome oor sy gegrimeerde gesig. Dit smelt in met die stroompies wat uit sy nek vloei en vorm 'n delta van bloedstrome oor sy bors. Daar waar hy kop onderstebo hang aan die boom, lyk hy soos 'n tragiese karakter uit 'n makabere sirkus.

Sy liggaam wat soveel pyn en vernedering sowel as verstoting moes ervaar het, in sy agtien jaar hier op aarde, hang nou soos 'n lappop aan die boom.

Heinrich wat mooi kan teken en mooi kan sing asook 'n liefde vir die mooimaak van mense het.

Heinrich wat met 'n gebreekte skedel en kaal aan 'n boom hang - reg sodat almal hom kan sien.

Hoofstuk 15

Simonè en Una stap ongeveer na twaalfuur in die nag by hulle chalet in. Heinrich se kamerdeur is toe en die lig is aan. Annemie is al vroeg weg by die dans en haar deur is ook toe.

Die twee meisies besluit om eers vir hulle elkeen 'n beker tee te maak, voordat hulle gaan slaap en gesels rustig op die rusbank in hulle sitkamer. Hulle probeer om saggies te praat maar kort-kort giggel hulle en maak mekaar dan weer lag-lag stil.

Simonè het dit baie gemis om 'n vriendin te hê soos Una. "Ek het gesien hoe flikker jou ogies vir daardie perde-outjie." Una maak weer 'n uitdrukking met haar gesig wat geen mens ernstig kan opneem nie.

Simonè lag: "Hy is nie 'n 'perde-outjie' nie, en in elk geval stel ek nie nou belang in 'n kêrel nie."

Die tweetjies lag en gesels verder oor die aand se gebeure. Teen ongeveer eenuur se kant is hulle reg om te gaan slaap en altwee gaan na hulle onderskeie kamers toe.

Toe Simonè alleen in haar bed lê en na die grasdak bo haar kyk, is Logan al waaraan sy kan dink.

Sy hare, sy oë, sy nek, sy arms, sy reuk . . . sy alles.

Sy wil slaap, maar as sy haar oë toe maak dan sien sy vir hom.

Sy besluit om warm melk te gaan kry, want dit het nog altyd gehelp as sy nie kon slaap nie. Sy sien op haar horlosie dat dit al ongeveer twee uur is.

Toe sy by die trappe afstap is Heinrich se kamerlig nog steeds aan. Dit is vir haar baie vreemd . . . sou hy nie al slaap nie? Dalk het hy net die lig aan vergeet.

Sy maak vir haar melk in die mikrogolfoond warm en gaan na haar kamer toe.

Sy kry haar oorfone en I-pod uit die kas en besluit om so aan die slaap te raak. Met haar gunsteling musiek in haar ore sluimer sy rustig in na 'n baie lang dag vol opwinding.

***

Simonè skrik wakker en sy is sopnat gesweet.

Soos haar gewoonte deesdae is, kyk sy elke oggend by die klein kamervenstertjie uit en sien dat daar bo-op die heuweltjie 'n klompie van die meisies saamdrom. Dit is by die groot boom waar Johannes altyd sy joga by doen. Sy wonder ewe skielik of sy dalk 'n aankondiging gemis het, en of sy dalk daar moes gewees het?

Sy stap by die trappe af, dit is wanneer sy by die laaste trappie aftrap, wat Una by die chalet se deur ingehardloop kom. Dit lyk komplete asof sy 'n spook gesien het en daar is trane in haar oë.

"Simonè, kom gou! Iets verskrikliks het gebeur!"

Simonè hardloop verward agter Una aan. Sy sien dat Una ook na die boom hardloop waar al die meisies saamdrom. Die nat gras onder haar voete stuur 'n effense kriewel deur haar lyf, maar dit wat sy voor haar sien laat haar liggaam yskoud word.

Sy kan bo-oor die meisies voor haar se koppe iets in die boom sien hang. Una - met haar klein lyfie - druk deur die groep meisies om heel voor uit te kan kom. Simonè kyk nog steeds verward rond, terwyl Una haar aan haar hand klou en haar saam deur die groep meisies sleep. Sy sien vir Lana en Valentin op die heuweltjie staan; hulle staan 'n ent van die boom af . . . Lana huil.

Wat kan dit tog wees?

'n Hele ent verder staan Logan en Andrea asook van die kombuispersoneel. Andrea huil ook en die res lyk ook baie erg geskok. Logan staan en rook 'n sigaret.

En toe sien sy . . . die afskuwelike beeld voor haar.

'n Grys lyk wat vas aan 'n stuk doringdraad is en die hang aan die boom. Sy kop hang vooroor op sy bors en daar is donker strepe oor sy skouers wat afloop na sy bors.

Die grys lyk is kaal en sy voete hang af na die grond toe en is al stokstyf.

Simonè voel hoe Una aan haar arm ruk. Sy kyk nog steeds verward na Una: "Simonè . . .! Dit is Heinrich . . .!"

Una huil onontbeerlik.

Simonè voel hoe die aarde om haar begin te beweeg.

Sy sien haar self en Una, kompleet asof sy as iemand anders na die toneel kyk, en nie as haar self nie. Sy troos vir Una en alles draai om haar.

Dit is net sy en Una sowel as Heinrich en die boom wat nie beweeg nie.

Dit draai en draai en draai, totdat sy nie meer kan regop staan nie en alles swart word voor haar. Terwyl haar delikate liggaam na die grond sluier is die enigste gedagte in haar kop "Heinrich hang in die boom."

Hoofstuk 16

Dit is een van die meisies uit 'n ander chalet wat Simonè se voorkop met 'n klam waslap afvee wanneer sy weer haar bewussyn herwin. Sy moes seker flou geword het daar buite. Sy lê in een van die behandelingsale. Sy sien hoedat Lana by die tafel, voor in die saaltjie, sit en met twee polisiebeamptes gesels. Lana huil nog steeds.

In die een hoek van die saal staan Valentin. Hy staar net by die venster uit. Sy oë is ook rooi - nie rooi van huil nie, maar meer rooi 'n van sy wingerdgriep wat hy het. Saam in die saal is Una en Annemie sowel as dokter van Daalen. Sy is besig om vir Una en Annemie een of ander medikasie in te gee. Die meisie wat Simonè van lafenis voorsien het, verskoon haar self wanneer een van die polisiebeamptes nader gestap kom.

"Miss Barnard?" 'n Jong Indiër vrou staan voor Simonè. Haar uniform sit baie knap om haar lyfie en sy lyk skoon gevaarlik. Haar hare is netjies en styf teen haar kop vasgemaak. Sy staan met haar een hand op haar vuurwapen wat aan haar sy vasgegord is, die ander strek sy uit na Simonè. "Can I have a talk with you?"

"Uhm . . . Yes." Simonè voel weer verleë oor haar Afrikaanse aksent wat sterk móét deurkom, want die Indiër vrou begin met haar in Afrikaans te praat.

"Ek is Sersant Perumal. Ek wil jou net so 'n paar vrae vra oor wat hier gebeur het."

"Dit is reg so."

Simonè klim van die bed af en stap na die tafel waar die ander polisiebeampte vir Lana verskoon het. Valentin sit besorg sy arms om Lana en voordat hul by die deur uitstap, praat die manlike polisiebeampte met Valentin.

"Mister Barbeau, we will still need to interview you too. I will come to your house after we have concluded here."

Valentin knik net sy kop ongeduldig en lei Lana uit die saal uit.

Die man is ook van Indiese afkoms en het 'n dik pikswart snor. Sy gesig en maag is rond en sy uniform sit ook maar baie knap om hom, maar hierdie keer om die verkeerde redes.

Sersant Perumal fluister iets in die man se oor en Simonè sien op sy naamplaatjie hy is Kaptein Moodley. Sy trots in sy werk word duidelik gereflekteer in hoe al sy knope en balkies asook medaljes blink pryk op sy uniform.

"Dame, ek is Kaptein Moodley. Ek verstaan jy het saam met die jong man 'n chalet gedeel. Wat weet jy van hom af, of selfs wat hier gebeur het?"

Kaptein Moodley se stem is baie diep, '. . . 'n goeie stem vir aand radio . . .' dink Simonè, wanneer alleen huisvroue verlei wil word deur die klankgolwe wat by hul huise instroom oor die radio.

Simonè vertel vir Kaptein Moodley en Sersant Perumal alles wat sy van Heinrich af weet....en dit is dat sy maar eintlik niks van hom af weet nie.

Dat hy maar min oor hom self gepraat het en dat hy nie dans toe was nie, omrede hy by Valentin was en dat sy kamerlig nog steeds ongeveer twee uur in die oggend se kant aangeskakel was.

"You say he went to mister Barbeau?" Sersant Perumal skryf iets in 'n swart notaboekie wat sy byderhand het.

"Hy het 'n afspraak gehad . . . Ek weet nie of hy gegaan het nie . . . Hy moes sewe uur daar gewees het . . ."

"Nou hoekom moes hy meneer Barbeau gaan sien?" Kaptein Moodley praat met Simonè kompleet asof sy vier jaar oud is. Sy verdra dit, maar vir Heinrich se part.

"Hy wou gaan omverskoning vra, hy en meneer Barbeau was nie op 'n goeie voet met mekaar nie . . . I mean they had a misunderstanding when we started working here." Simonè voel hoe haar tong knoop, maar dit is tog die waarheid, sy kan tog nie lieg nie?

Sy verduidelik vir hulle wat gebeur het, en hoedat dit vir Heinrich geweldig baie gepla het. Hoe Heinrich gevoel het, hy moes gaan omverskoning vra en hoe hy uitgesien het om vrede te maak.

Die polisiebeamptes fokus op wat Simonè vir hulle vertel, en vrae nog 'n klompie vrae.

Het Heinrich enige vyande gehad . . .?

Was hy betrokke by bendes . . .?

Het hy dwelms gebruik . . .?

Het hy dwelms verkoop . . .?

Nadat hulle seker is dat hulle alle inligting wat hul nodig mag hê van Simonè af gekry het, het hulle hul self, verskoon.

"Can I ask something?" Simonè is nie gewoonlik voorbarig of nuuskierig nie, maar sy moet weet!

"Ja meisie, jy kan vra." Kaptein Moodley sit agteroor in die stoel en vryf oor sy maag. Dit lyk of die middelste knoop van sy hemp enige oomblik gaan los skiet.

"What happened to Heinrich?"

Dit is Sersant Perumal wat so gaaf ís, om haar vraag te antwoord.

"Someone bashed his head in and displayed him for all to see, you can go now."

Simonè voel hoe haar bene onder haar wil ingee, maar sy fokus net op die deur voor haar. Sy voel hoe die naarheid in haar opstoot en net buite die saal gryp sy een van die snippermandjies om in op te gooi.

Hoe kan daardie vrou so nonchalant daaroor wees?

Dit is Heinrich . . .! 'n Mens . . .! Haar vriend . . .! Iemand se kind van wie sy so praat . . .!

Wanneer sy orent kom sien sy Valentin aan die einde van die lang gang staan. Dit lyk amper asof hy vir iemand staan en wag. Lana is nie meer by hom nie. Hy skiet die klaar gerookte sigaretstompie met sy twee vingers na buite en stap reguit na Simonè toe.

Simonè voel hoedat haar moed haar wil begewe. Hoe sy wil weghardloop na haar pa toe. Sy wil net op sy skoot gaan sit en huil en vra dat hy alles net moet regmaak.

Hoofstuk 17

"Simonè, is dit nie?" Valentin benader Simonè kompleet asof hy 'n joernalis is wat 'n soetsappige storie by haar wil kry.

"Dit is reg meneer Barbeau." Sy voel nog steeds duiselig en probeer haar self regop te hou met al die krag wat binne in haar nog oor is.

In die agtergrond, hoor sy Kaptein Moodley se harde stem en nou en dan die dowwe geluid van 'n meisie wat praat.

"Simonè, noem my Valentin asseblief," en hy sit sy arm op haar skouer, amper asof hy besorgd is oor haar.

Simonè knik verleë.

"Simonè, jy het gesien dat Heinrich vroeg weg is by my, nie waar nie? Dat hy veilig in sy kamer was teen die tyd wat die dans verby was?" Valentin stel dit so aan Simonè kompleet asof hy haar wil probeer oorreed dat dit die waarheid is.

Sy wonder dadelik, waarom sou hy so iets wil doen?

"Uhm . . . sy lig was aan gewees, toe ek en Una by die chalet aangekom het, maar . . ."

"Maar?" Valentin hou hom self dom

"Maar . . . ons het hom nie fisies daar gesien nie."

"Het jy dit vir die Kaptein gesê?" sy stem word sagter asook meer misterieus.

"Nee, ek bedoel ja . . . Ek het net vir hom vertel wat ek onthou en niks meer nie."

"Dit is reg Simonè, vertel vir hulle presies wat jy onthou." Valentin beweeg sy arm in 'n halwe omhelsing op Simonè se rug en sy voel dadelik ongemaklik.

"Meneer Barbeau, ek bedoel Valentin. Sal jy my asseblief verskoon, ek voel regtigwaar nie baie goed na vanoggend nie, ek dink ek moet 'n bietjie gaan lê," Simonè probeer so diplomaties as moontlik wees, sy weet net hier moet sy wegkom en vinnig ook.

"Natuurlik Simonè, gaan rus 'n bietjie, want ons almal is deur 'n verskriklike ding vandag!"

Simonè stap so vinnig as wat sy kan by die hoofhuis uit. Haar chalet lyk ewe skielik so baie ver. Sy stap, maar sy voel geensins die grond onder haar voete nie.

Dalk droom sy nog? Dalk is dit wat om haar gebeur het nie waar nie . . . dalk gaan sy binnekort wakker skrik en Heinrich gaan in die kombuis giggel en alles gaan wees soos wat dit die vorige dag was . . . dalk . . .

Maar Simonè ken hierdie gevoel . . .

Die gevoel in jou hart, dat jy wens jy kon alles vir iemand sê wat jy wou, maar nou is daardie iemand nie meer hier nie en dit is te laat . . .

Sy wens sy het vir Heinrich gesê: "Jy is wonderlik net soos jy is!"

Sy wens sy het vir hom gesê: "Moet nie dat ander mense jou afbreek met hulle woorde en kyke en maniere nie . . ."

Toe Simonè op haar bed neerval begin die trane uit haar oë rol sonder ophou. Sy voel hoe haar hart letterlik pyn en hoe haar snikke diep binne uit haar los geskeur word.

"Hoekom . . .? Hoekom het dit met Heinrich gebeur . . .?"

Sy draai op haar sy en hou haar kussing styf vas. Vir die soveelste keer in die kort tydjie wat sy wakker is vanoggend, wens sy dat sy by haar ouerhuis kon wees. In die stilte van 'n duisend woorde, in die atmosfeer van verwyte . . . daar waar sy ten minste weet sy veilig is.

Hoofstuk 18

Dit was die terrein se personeel wat per chalet die boodskap gaan oordra het, al die meisies moet om twaalfuur die middag in die hoofsaal bymekaar kom. Lana wil hulle dringend toespreek. In die besigheidswêreld sou die byeenkoms 'skade beheer' genoem word. Hier by Maison de Beautè noem Lana dit, 'gerusstelling en vertroosting'.

Die meisies sit almal soos verwarde kuikens en fluister onder mekaar. Hulle wonder wat gaan Lana vir hulle sê? Moet almal dalk huis toe gaan? Weet hulle ouers reeds al hiervan? Hulle hoef nie lank te wonder nie, want Lana en die ander dames mentors is besig om in te stap by die groot saal. Valentin en Johannes is nêrens te siene nie.

Die vrouens wat voor die groep meisies gaan staan en hulle moet gerusstel is almal tranerig. Almal behalwe die sterk dokter Heleen van Daalen. Dit lyk amper asof sy net nóg 'n dag beleef op kantoor en net nóg 'n vergadering moet bywoon sowel as net nóg gewone nuus moet oordra aan iemand. Langs haar staan Lana, Kuma en dan Ishita.

"Dames . . ." Die meisies is almal verbaas dat dokter Heleen die leiding neem. ". . . Dames kan ek julle aandag kry, asseblief."

Die gefluister word nou 'n stilte en dokter Heleen begin te praat.

"Soos julle vanoggend verneem het, het Die Oord 'n verskriklike ding oorgekom. Een van ons studente, Heinrich, het gisteraand gesterf. Ons het julle ouers in kennis gestel van die voorval en ons het hulle verseker dat julle nog steeds baie veilig hier is. Ons vra dat julle met niemand van die media oor hierdie aangeleentheid sal praat nie, en om alle navrae na my toe te verwys. Maak julle self ten alle tye vir die polisie beskikbaar vir verdere ondervraging. As julle ongemaklik voel met die ondervraging kan julle vra, dat ek julle moet bystaan. Julle het die res van die naweek af. Julle kan maar verdaag."

Simonè kyk om haar toe dokter Heleen klaar gepraat het. Sy sien hoedat Annemie haar handspieëltjie uithaal en haar lipglans opsit. Die naarheid stoot weer in Simonè se keel op.

Sy voel Una se arm op haar skouer en wanneer sy na haar kyk is Una se oë vol trane. Simonè draai na Una en gee haar 'n stywe drukkie.

Una fluister huilerig in Simonè se oor: "Hy was net 'n 'geval' vir hulle . . ." Simonè se hart breek vir hierdie nuwe vriendin van haar. Sy het gesien hoe geheg Una en Heinrich aan mekaar geraak het. Sy wens so sy kon Una se pyn wegneem, maar een ding het sy geleer van rou . . . jy kan nie iemand se pyn wegneem of beter maak nie, hulle moet self daardeur werk.

Uit die hoek van haar oog sien Simonè vir Andrea. Sy lyk skoon verlep en verwaarloos; net soos al die ander hier, is sy seker ook sonder waarskuwing uit haar bed geroep om die hangende lyk te gaan aanskou. Dit lyk of sy in 'n dwalende gees is, sy kyk reguit na Simonè en Una, maar draai net daar om en loop by die hoofsaal uit.

"Kom Una . . . kom ons gaan chalet toe." Una sluk effens aan haar trane en met Simonè se hand oor haar skouer stap hulle saam na chalet nommer vier. Die chalet waar die eerste mansstudent gewoon het . . . die eerste mansstudent wat ook by Maison de Beautè vermoor is.

***

Die polisie was besig in Heinrich se kamer wanneer Simonè en Una daar aankom. Drie polisiemanne met plastiekhandskoene kyk versigtig na alles in Heinrich se kamer.

"You can go about your normal routine, you are just not allowed in his room," 'n bleek polisieman wat duidelik ondervoed is met 'n 1980 haarstyl, lig vir Simonè en Una in wanneer hulle by die chalet instap. Sy klere is net so stokoud soos wanneer hy laas sy haarstyl verander het.

Die twee meisies knik net hulle koppe en stap elkeen na hulle onderskeie kamers toe.

Simonè het vyf oproepe gemis, en al die oproepe is van haar ma af. Vyf boodskappe op haar selfoon om te hoor of sy ongedeerd is. Op die stempos klink haar ma histeries, en soebat haar ma haar om terug te kom huis toe. Sy kan hoor haar ma het weereens gedrink.

Sy besluit om eerder 'n boodskap te stuur as om te skakel. Sy weet hoe haar ma is as sy eers gedrink het, en sy sien net nie kans vir die doolhof redenasies nou nie.

"Ma, ek is oukei. S" dit is al wat haar boodskap lui. Nadat sy bevestiging op die selfoon gekry het dat haar boodskap afgelewer is, sit sy haar selfoon af en bêre dit in die kas.

Una het gaan lê nadat hulle by die chalet gekom het. Annemie het direk van die saal af in haar motor geklim en gery. Simonè voel totaal en al leeg . . . sy wil nie slaap nie en sy sien ook nie kans vir baie mense nie. Sy wil gaan draf . . . sy moet van hierdie vreemde gevoel in haar binneste ontslae raak.

Dit is amper een uur in die middag en die bewolkte dag maak dit nie makliker om te draf nie. Die humiditeit is ook baie hoog en Simonè kan voel hoe haar nekhare wat nie in haar lang poniestert ingevat is nie aan haar nek begin te vasklou.

Sy draf op die voetpaadjie wat langs die chalets afkronkel. Sy hoor die golwe wat op 'n ritmiese wyse teen die rotse vasslaan. Die golwe is haar pasaangeër vir hierdie draffie van haar. Sy hoor die gruis klippies onder haar drafskoene en saam met die golwe is dit kompleet asof die natuur met haar praat. Voor haar is die woud en sy besluit om daarin te draf.

Terwyl sy draf sien sy weer vir Heinrich in haar gedagtes. Sy wil draf en draf en aanhou met draf, totdat sy hom nie meer kan sien nie. Wanneer sy uiteindelik tot stilstand kom klop haar hart so vinnig, dat sy bang is sy word weer bewusteloos.

Om haar is die lang bome van die woud. Daar is soveel bome dig bymekaar dat sy nie die toppe eens kan sien van die bome nie. Sy leun met haar rug teen die een boom se bas en skuif al hoe stadig na onder. Wanneer sy op die grond sit begin sy saggies te huil.

Met trane wat uit haar oë uit stroom sit Simonè teen die boom, haar kop op haar knieë. Sy huil so totdat sy voel daar is niks meer trane in haar oor nie, sy weet die hartseer is nog steeds daar, maar vir eers is haar trane klaar.

Hoofstuk 19

Kuma kan geensins konsentreer nie. Sy is besig om die volgende twee weke se spyskaarte te beplan, maar haar gedagtes keer telkemale terug na die tragedie wat besig is om hier by Die Oord af te speel. Sy stap na die klein kombuisie wat in haar woonkwartiere is en maak die yskas oop. Voor haar pryk die toonbeeld van 'n dieetkundige se yskas. Vars groente en vrugte sowel as gebottelde water. Ongeduldig slaan sy die yskas se deur toe.

Kuma weet sy gaan ingee tot haar diepste begeertes, maar in hierdie omstandighede gaan 'n wortel haar geensins troos nie. Sy maak die kombuiskas oop en haal 'n aluminium blikkie gemerk 'Hābu' (kruie) uit. Sy gaan sit op die sitkamerbank en maak die blikkie ongeduldig oop. Daar, in die kruieblikkie lê vier styf verpakte Meiji melksjokolades ingevoer vanaf Japan. Haar ouma stuur gereeld vir haar 'n pakkie vanuit Japan. Haar ouers mag glad nie van die sjokolades weet nie. Dit is 'n swakheid, en swakhede word nie geduld in die Minami huishouding nie.

Kuma skeer die papier van die sjokolade stafie af en breek vinnig die eerste blokkie af. Sy sit met haar kop agteroor en suig aan die sjokolade in haar mond. Maar dit is nie 'n oomblik wat sy kan geniet nie, want haar gedagtes bly maal en sy voel bang en onseker.

Op die aand van die dans - die aand van Heinrich se moord - het sy iets baie vreemds gesien, terwyl sy by die saal uitgestap het. Sy is nie seker of dit iets beteken nie, maar sy het gesien hoedat Heinrich van Lana en Valentin se huis af stap na die chalets met iemand kort op sy hakke. Dit was beslis 'n mans persoon gewees wat agter hom aangeloop het. Sy sal selfs die lengte van die persoon wat Heinrich agterna gesit het kan beskryf . . . Maar moet sy dit doen . . .? Beteken dit enigsins iets . . .?

Sy breek sommer twee blokkies van die sjokolade tegelyk af en kou die sjokolade sommer. Dit is amper asof die suiker deur haar are begin te vloei en sy voel rustiger. Nog twee blokkies breek sy af . . . en dan nog 'n verdere twee. Die laaste blokkie laat sy stadig toe om in haar mond te smelt. Sy wil die laaste blokkie net rustig geniet. Haar brein sê vir haar dat die eerste blokkies vir haar senuwees was, en die laaste een vir die vertroosting.

Sy weet sy moet die regte ding doen en al beteken dit dalk niks wat sy gesien het nie en dalk het dit ook niks met die saak te make nie, sy sal dit maar aan die polisie moet vertel. Maar eers sal sy vir Lana en Valentin daarvan moet sê, want Valentin het vanoggend voordat die polisie by Die Oord aangekom het gevra, dat die personeel eers met hom en Lana moet praat, voordat hulle enige verklarings by die polisie aflê. Hy en Lana wil net honderd persent seker maak, dat Die Oord se reputasie en beeld nie in gedrang kom met enige verklarings nie. Dit is dus wat sy sal doen, die regte ding . . .

***

Die mentors se woonkwartiere is baie ruim en kom byna voor soos wooneenhede by 'n baie goed toegerusste vakansieoord. Elke eenheid is afsonderlik van die ander met 'n voor- sowel as met 'n agter tuin. Dokter Heleen se eenheid is die heel grootste en is in die laat 1990's opgerig op die landgoed. Die res van die eenhede is as mini replikas gebou met effens minder spasie en meer moderne argitektuur.

Die mentors mag die tuine self instandhou sou hulle dit so verkies, andersins is daar elke dag 'n terreinpersoneellid wat dit namens hulle versorg. Slegs dokter Heleen verkies om 'n hand oor haar tuin te hou. Ishita en Kuma asook Johannes laat dit liewers aan die terreinpersoneellede oor.

Inteendeel laat Johannes die terreinpersoneellede sy tuin oorstaan van tyd tot tyd. Lana het hom al dikwels aangespreek daaroor, dat sy tuin nie so netjies soos die ander wooneenhede sin is nie, en dat hy nie die terreinpersoneellede moet aansê om nie in sy tuin te werk nie.

Ishita se wooneenheid is reg langs dokter Heleen s'n geleë en langs haar wooneenheid is Kuma in die derde wooneenheid. Die wooneenheid tussen Kuma en Johannes (wat op die verste punt woon) is onbewoon. Dit is die eenheid waarin Logan kon gewoon het, maar hy het liewers die ouer gebou by die perdestalle verkies.

Johannes sit op sy agterstoepie en tuur na die see; maar sy oë is nie gefokus op die branders hier naby nie, nee . . . hy is eerder gefokus op die horison. Dit is waar hy wil wees . . . daar in die verte op 'n bootjie . . . hy en sy sielsgenoot . . . wie dit ook al mag wees.

Hy leun oor na die tafeltjie aan sy regterkant en neem een van die selfgerolde sigarette in sy twee vingers. Daar is al vroeg oggend vir hulle gesê, dat die mentors eers weer Maandag beskikbaar hoef te wees, en Johannes het besluit dat dit die ideale geleentheid sal wees vir 'n bietjie ontspanning. Hy neem glad nie alkohol in nie, maar gebruik wel dagga . . . hy verkies die natuurlikheid daarvan.

Lana en Valentin is bewus hiervan en het hom gevra om net nie naby Die Oord se geriewe of studente die daga te rook nie. Vir al die jare wat hy hier is, het hy goed by die reël gehou. Die prikkelpoppies is in elk geval nie sy tipe geselskap nie en hy voel baie ontspanne by sy eie plekkie op die landgoed. Dit is ver afgeleë en niemand pla hom nie.

Hy meng nie juis met enige iemand anders hier nie. Somtyds sal hy by Lana en Valentin gaan kuier en hy het al so 'n paar keer saam met Logan gekuier. Hy en Logan deel die liefde vir die natuur en dit is ook maar al wat hulle saam in gemeen het. Maar andersins is hy op sy gelukkigste as hy joga doen in die oggend of wanneer hy alleen op sy agterstoep sit.

Hy blaas die dik rookwolk uit en sit rustig agteroor. Sy voete rus op 'n ou vernielde voetstoeltjie wat van riete aanmekaar getimmer is. Dan trek hy weer die walms stadig in sy longe in.

Hy wonder oor die seun wat so aan die boom gehang het. Waar is hy nou . . .? Waar is sy siel nou . . .? Word sy siel gereïnkarneer of gaan hy na 'n ander plek toe . . .? Of het hy net opgehou met bestaan . . .?

Johannes se oë word moeg en hy haal al hoe stadiger asem.

Dalk moet hy vir hom van nou af 'n ander boom kry vir sy joga sessies?

Dit is 'n sluimerende gedagte wat stadig wegsink in sy psige in.

Hy skuif so effens meer onder toe op sy stoel en maak sy oë toe en dryf weg na sý 'hierna' . . . op 'n bootjie in die verte saam met sy sielsgenoot.

***

'Kuma se klein figuurtjie is koddig om dop te hou,' dink Andrea. Sy staan in die kantoor agter die hout ontvangstoonbank en sien hoedat Kuma die heuweltjie opstap. Sy kan sien Kuma stap doelgerig na die ontvangsarea en sy wonder wat die rede hiervoor kan wees.

Andrea ken nie vir Kuma so goed nie, hulle het so rukkie een aand gesels by 'n personeel geselligheid by Lana se huis, maar dit is ook al. Dit was vir Andrea interessant toe Kuma vir haar verduidelik het, dat haar naam 'muis' beteken. Kuma se ouers was blykbaar glo so geskok gewees met die klein baba dogtertjie wat op ses maande gebore is, en sy was glo so pienk soos 'n muis en ook so klein soos een; en vandaar die vernaming na Kuma.

Andrea kon aflei dat Kuma uit 'n baie gedissiplineerde huishouding kom. Dat sy die meeste van haar lewe in spogskole oor die hele wêreld heen was, en dat sy haar kundigheid in tale júís daaraan te danke het. Haar pa het as diplomaat baie gereis, maar dit was vir hom baie belangrik dat sy gesin altyd by hom moes wees. Hy is latere jare weer in Suid-Afrika aangestel by die Japanse ambassade en dit is waar Kuma haar wortels wou skiet. Haar pa het volgehou dat sy eers by die Universiteit van Cambridge haar studies moet voltooi, voordat sy besluit waar in die wêreld sy wou woon. Maar Kuma se hart het nog steeds Suid-Afrika toe verlang, en nadat sy haar studies by Unitversiteit van Cambridge voltooi het, is sy terug na die land van die Suide!

"Hallo Andrea, het jy dalk 'n idee waar Valentin en Lana kan wees?" Kuma is soos gewoonlik altyd baie professioneel. Haar klein gesiggie pas perfek op haar klein lyfie. Haar skerp neus sit lynreg tussen haar oë en haar swart hare is perfek. Andrea voel skoon soos Aspoestertjie wat besig is om huis skoon te maak teenoor die Japanese meisie wat voor haar staan, selfbewus sit Andrea die een kant van haar hare agter haar ore.

"Hallo Kuma, ek dink hulle het gaan perdry. Hulle sal seker nou enige tyd terug wees. Kan ek vir hulle 'n boodskap gee?"

"Baie dankie Andrea, ek sal sommer self met hulle gaan praat. Ek gaan kyk of ek hulle nie dalk by die stalle kan kry nie. Ek sien jou dan eers weer later," Kuma gee 'n senuweeagtige glimlag vir Andrea en stap weer met dieselfde haastige spoed uit die ontvangsarea na die perdestalle se rigting.

"Bye Kuma . . ." Wanneer Andrea weer afkyk sien sy haar refleksie in die silwerklokkie op die ontvangstoonbank se blad. Sy sien die deurmekaar hare, en die gesig sonder grimering, wat in Kuma se perfekte gesig moes vasgekyk het. Sy voel so minderwaardig en slaan die knoppie bo-op die klokkie net om die refleksie met haar hand te verbloem. 'n Harde 'trrring' kom uit die klokkie en Andrea klap haar tong en draai om. Sy gaan sit by die klein lessenaar in die kantoortjie agter die ontvangstoonbank, en wag vir die telefoon om te lui om vir die soveelste keer in die laaste paar ure die telefoon te antwoord om 'skade beheer' toe te pas . . . alles om die beeld van Die Oord te beskerm.

Logan hou die strand dop in die rigting vanwaar Lana en Valentin met die perde aangery kom. Sy hande bewe, terwyl hy die sigaret tussen sy lippe sit en die rook in sy longe inasem. Hy voel die gasse na sy longe beweeg en blaas die rook stadig uit.

Dit wat hy gesien het die vorige aand, bly in sy gedagtes oor en oor afspeel. Valentin . . . en Heinrich . . . Hoe kan Valentin so vir almal lieg? Hoe kan hy so vir Lana lieg? Valentin is duidelik nie wie hy sê hy is nie. Logan weet almal het geheime, maar dit . . . dit is iemand heeltemal anders wie hy gisteraand gesien het, amper net soos dokter Jekyll en meneer Hyde. Valentin is die gelukkige eggenoot wat vir sy vrou lief is, maar by die agter geslote deure verkeer hy saam met jongmans. Dit maak net nie vir Logan sin nie.

Logan is briesend kwaad . . . Seergemaak. Valentin het vir hom soos 'n pa gevoel. Iemand op wie hy kan vertrou, maar hy het gisteraand agtergekom dat Valentin net nog 'n mens is wat op die aarde geplaas is om ander seer te maak en wat voete van klei het. Logan se hart breek vir Lana . . . wat as sy sou uitvind wie en wat haar geliefde Valentin regtigwaar is? Hy sou dit nie kon verdra om Lana in pyn te sien nie.

Dit is die pluk aan sy arm wat hom weer terugroep na die hede toe.

"Logan . . . Jy lyk baie bleek . . . Is alles reg met jou?" Kuma se stemmetjie kruip stadig deur Logan se wrewel gedagtes tot by sy ore in. Hy registreer eers dat Kuma daar is, wanneer sy weer liggies aan sy arm pluk.

"Miskien is dit die son . . . Gaan sit eers vir 'n oomblik . . . Het jy al iets geëet vanoggend," Kuma wil haar self skop wanneer sy dit vir hom vra. Hoe 'n cliché is dit nie . . .Die dieetkundige wat dink kos maak alles reg!

"I'm . . . I'm fine, thank you." Logan gooi die sigaret stompie neer en trap dit onder sy skoensool dood. Die kleur keer weer terug na sy gesig en hy stap twee treë van Kuma af, net om weer spasie tussen hulle te kan kry.

"Ek is op soek na Meneer en Mevrou Barbeau. Weet jy dalk waar hulle is?"

Logan wys met 'n gebaar na die linkerkant van die strand. "They're on their way back."

Die twee ruiters is nou al baie nader en stuur die perde teen die voetpaadjie op na die perdestalle toe. Die uitdrukking op hulle gesigte is nie die van genot en rustigheid soos wat mens onder normale omstandighede sou verwag nie. Dit is meer uitdrukkings van kommer en onsekerheid asook dalk effens van geheimsinnigheid . . . oor geheime wat eerder nooit bekend moet word nie.

Dit is Lana wat heel eerste van haar perd afklim by die perdestalle. Logan staan Lana by en haal haar perd se saal af. Alhoewel sy nie so vriendelik soos altyd is nie, is sy nog steeds hoflik teenoor Logan.

Terwyl sy haar hande stadig oor haar perd se rug beweeg, ontmoet haar groen oë syne en 'n sagte: "Baie dankie Logan," kom uit haar mond uit. Logan glimlag effens, in die duisendste van 'n sekonde vergeet hy van al die lelik om hom op Die Oord en maak die 'baie dankie' baie dinge vir hom draaglik. Die opregte 'baie dankie' van 'n vrou wat vir Logan nog net goed voor was. Die vrou wie se man 'n baie groot leuenaar is!

"Logan, kyk asseblief na Storm se hoewe, ek dink daar is dalk iets fout." Valentin klink ongeduldig. Hy sien Logan maak geen oogkontak met hom nie en maak dit af as deel van die spanning wat almal tans beleef. Hy gaan tog nie dat die gedrag van 'n staljong hom omkrap nie, hy het genoeg sake van sy eie om oor na te dink en te moet doen!

Logan stap met die twee perde in die perdestalle in, en sien hoedat Kuma met Lana en Valentin gesels. Hy kan sien Kuma is baie gefokus en dat Lana en Valentin aandagtig luister na wat Kuma te sê het. Hy lei Lana se perd Queenie in haar stal in en dan vir Storm - Valentin se perd - in sy stal in. Logan buk by die kraan in die stal om sy hande af te spoel, wanneer hy hoor hoe Valentin met iemand op sy selfoon praat.

"Kaptein Moodley, Valentin Barbeau hier. Een van my personeellede het iets wat sy graag in 'n verklaring wil aflê oor wat sy gisteraand gesien het, wanneer kan u hier by Die Oord wees?" 'n Kort stilte volg en dan hoor Logan weer: "Goed so. Ek sal vir haar sê, Maandagoggend om nege uur."

Logan hoor hoe Lana vir Kuma sê: "Dit is die regte ding om te doen Kuma, en ons ondersteun jou ten volle." Die drie van hulle stap stadig terug na die Barbeau woning, terwyl Logan hulle net agterna kyk. Hy skud die water van sy hande af en sien hoe Valentin senuweeagtig agtertoe kyk.

Logan wonder hoeveel geraamtes daar nog in Meneer Valentin Barbeau se kas kan wegkruip . . .

Hoofstuk 21

Dit is Saterdagaand op Die Oord en daar heers 'n vreemde stilte oor die gronde. Die studente is almal in hulle chalets en die meeste meisies is baie bang en deurmekaar asook onseker oor wat met Heinrich gebeur het. Hulle toekoms by Die Oord is ook in gedrang, aangesien soveel ouers al gedreig het om hulle dogters te kom haal. Lana en Valentin het elke ouer verseker van opgeskerpte sekuriteit en 'n veiligheidsmaatskappy betrek om gereeld patrollie in en om Die Oord te doen.

Tot dusver het die media nog nie snuf in die neus gekry van 'n storie nie, maar Lana weet dit is net 'n kwessie van tyd, en dan gaan hulle Die Oord oorval met vrae en insinuasies.

Lana en Valentin het die heeldag in stilte in hul groot huis rondbeweeg. Nie een wil vir die ander een sê, wat in sy of haar se gedagtes aangaan nie. Lana het sedert die oggend al 'n hele paar kalmeerpille in en sy is teen agtuur reeds al vas aan die slaap in een van die ekstra gastekamers. Valentin sit in die donkerte en drink op die stoel waarop sy pa altyd gesit het. Die maan se skaduwee reflekteer deur die venster op die mat voor hom. In die verte kan hy die branders van die see hoor. Hy lyk soos 'n desperate siel, want sy oë rooi en sy liggaam lyk skraal en uitgemergel.

Dokter Heleen van Daalen het vroegoggend reeds al die perseel verlaat en daar is geen ligte wat aangeskakel is by haar wooneenheid nie. Haar suster woon in een van Pietermaritzburg se woongebiede en sy het vroeg reeds al besluit om daar te gaan oorslaap. Ook Ishita is na haar ouers toe wat in Durban woonagtig is. Albei - dokter Heleen en Ishita - het bevestig, dat hulle Maandagoggend op hulle pos sal wees nadat hulle vroeër met Lana gepraat het in verband hiermee. Hulle kon sien sy is al gemedikeer, maar Lana het volgehou dat Die Oord nie gaan stilstaan as gevolg van wat gebeur het nie. Dit is besigheid soos altyd. Die eerste groep kliënte is reeds al geboek vir Maandag om terapie te kan ontvang en dan sál alles weer seepglad verloop.

Dit is hoe hulle vir Lana ken. Ishita ervaar dit as doelgerigtheid, maar dokter Heleen weet dit is uit vrees en onsekerheid sowel as uit voorgee wat Lana so optree.

Johannes rook al heeldag aan sy gunsteling vredesplant en is nie eens bewus van die vrees wat in die lug oor Die Oord hang nie. Hy speel op sy mondfluitjie, liedjies van verlange en vrede en liefde. Hy speel liedjies wat hy wil hê die golwe moet dra na sy sielsgenoot, en wat hy seker van is, aan die anderkant van oseaan vir hom sit en wag . . . in Pune, Indië.

Logan sit oudergewoonte by die vuur wat hy net buite sy woonkwartiere gemaak het. Vanaand is die vlamme weer so hoog soos die woede binne in hom.

Hy hoor hoe Johannes op sy mondfluitjie speel. Hy het al tyd saam met Johannes spandeer oor 'n paar naweke. Dan het hulle saam gesit en dagga gerook asook gesels, maar dit is amper asof hulle twee siele uit aparte hoeke van die wêreld is. Johannes is rustig en kalm, terwyl Logan weer kwaad en deurmekaar is.

Logan het al te veel bier gedrink vandag. Hy kan dit voel, maar hy is kwaad en hy moet veg met elke greintjie goedheid in hom om nie in te gee tot sy woede nie. Die drank maak hom gewoonlik lam teenoor enige gevoelens, of dit nou sleg of goed is, maar nie vanaand nie. Dit voel soos 'n maal gety in sy gedagtes. Sy hartklop wil ook net nie rustig raak nie. Hy gooi die soveelste leë blikkie bier in die vuur en kyk af na sy hande. Die vlamme laat dit warm voel en sy oë speel speletjies met hom, terwyl dit lyk of sy hande besig is om te smelt. Hy vryf sy hande hard teen mekaar en sien hoe sy hande in 'n bol klei verander. "No, not again . . . this cannot happen now . . ." Hy staan vinnig op en beweeg weg van die vuur af. Hy gaan staan op die rand van sy erfie, wat uitkyk oor die strand en rotse sowel as die see, terwyl hy sy kop na bo lig. Wat uit sy mond uitkom is 'n kreun wat uit sy siel uitkom. Hy staan so totdat hy voel die kreun is klaar. Dit is hoe hy veg teen die hallusinasies wat sy vyand is sowel as sy demone en sy monsters. Hy sal nie dat dit hom weer oorneem nie . . . nie nou nie . . . nie ooit weer nie.

***

Kuma voel vreemd, maar ook kalm en rustig. Sy is reg vir haar afspraak Maandagoggend met Kaptein Moodley en sy het besluit om nie te veel daaraan te dink nie. Sy het vir haar 'n bad vol met warm water getap asook haar gunsteling badskuim daarby ingegooi. 'n Wynglas met 'n ligte witwyn glinster in die kerse se lig wat sy oral in die badkamer gepak het. Sy het ligte panfluit musiek aangesit en nadat sy kersie-wierook aangesteek het klim sy in die bad om te ontspan.

Sy voel hoe die borrels badskuim liggies teen haar vel begin te dans en haar liggies prikkel. Die kerslig maak skaduwees teen die muur en met die geur van wierook en die klanke van die ligte panfluit musiek, voel sy hoe haar skouers ontspan teen die bad se rand. Sy skuif af in die bad en druk haar kop heeltemal onder die water in. Die warmwater omvou haar en sy ervaar 'n rustigheid diep binne in haar.

Kuma neem die groot spons wat op die bad se rand is en beweeg die spons sagkens en stelselmatig vanaf haar voete af op na haar bene. Nadat sy haar bene gewas het, skuif sy met haar klein liggaam heeltemal onder die water in. Sy voel hoe haar vel al begin kreukels maak het, van die hele tyd wat sy reeds al in die water gespandeer het. Sy begin opskuif teen die kant van die bad om weer lug te kry, maar sy voel dat daar iets is wat haar kop keer. Sy druk haar rug en kop al hoe harder op, maar sy kom net weer teen dieselfde ding wat haar keer, dit is nou oor haar hele gesig. Sy maak haar oë in die skuim water oop en sien 'n groot sterk hand.

Haar hart begin al hoe meer paniekerig klop, terwyl sy met albei haar hande die persoon van hierdie groot sterk hand - wat oor haar gesig is - probeer wegkry. Hoe meer sy spartel en spook hoe harder druk die persoon van hierdie hand haar onder die water in. Die warm water is nie meer 'n toevlug vir haar nie, maar 'n strik waaruit sy nou dadelik moet kom!

Die persoon aan wie hierdie groot sterk hand behoort, trek haar aan haar nat swart hare op, sodat sy net 'n klein asemteug kan neem en dan druk hy haar weer terug onder die water. Sy spartel en spook met albei haar hande en die water spatsels doof ook van die kersvlamme naby aan die bad uit.

Kuma word nou deur angs beweeg. Sy sien haar geliefde ouma in haar geestesoog en sy weet dat sy haar graag weer wil sien. Sy besluit om op te hou met spartel en spook, sodat hierdie persoon aan wie hierdie groot sterk hand behoort, moet dink dat sy bewusteloos is. Nadat sy vir 'n rukkie lam raak, trek hierdie persoon aan wie hierdie groot sterk hand behoort haar weer aan haar hare uit. Sy kan voel hoe hierdie persoon se gesig al hoe nader aan haar gesig kom. Sy voel sy asem teen haar wange en sy is doodbang om te beweeg. Uit vrees druk sy haar oë nog stywer toe en hy sien dit meteens raak.

Hy druk haar weer met sy een groot sterk hand onder die water in, en sy voel hoedat hy met sy voet op haar maag trap. Dit is 'n drukking wat net genoeg is, om haar onder die water te kan hou. Skielik voel sy die hande om haar nek en iets wat sny. Sy besef meteens dat die hande besig is om iets om haar nek te sit. Heinrich se liggaam wat met die doringdraad aan die boom gehang het flits skielik voor haar oë verby. Sy besef dat dit dieselfde persoon is, wat vir Heinrich doodgemaak het wat haar nou hier aanval!

Sy voel hoedat hy, terwyl hy op haar maag trap 'n stuk doringdraad styf om haar keel trek. Die klein snytjies aan haar nek brand in die water en sy probeer met haar hande teen die draad om haar nek te veg. Dit sny haar klein delikate verrimpelde vingerpunte en Kuma word bewusteloos van die angs en skok.

Die moordenaar sien hoe Kuma se kaal liggaam afsak in die bad en hoedat die fyn stroompies bloed wat uit haar nek en vingers vloei saamsmelt met die nou louwarm water. Die reuk van kersie-wierook en panfluit musiek, is al wat nie in die huis verander het nie.

Hy haal sy voet van Kuma se maag af en trek haar met albei sy hande aan die nek met die doringdraad uit die bad uit; amper net soos 'n slagter 'n stuk vleis in 'n slaghuis sal hanteer. Kuma se fyn nek word vermink deur die doringdraad wat om haar nek is. Hy is geensins daaroor bekommerd nie, want hy weet dit is nie die ergste wat hy vir haar beplan het vanaand nie.

***

Kuma word wakker en sy kry yskoud en dit is pikdonker om haar. Sy voel hoe 'n koue wind oor haar lyf waai. Haar gedagtes herinner haar aan wat enkele minute gelede nog met haar gebeur het en sy word bewus daarvan dat sy op een van haar eetkamer stoele sit. Sy kyk af en sien sy is nog steeds kaal. Haar spierwit vel het net hier en daar nog water druppels op en oral oor haar lyf pyn dit. Sy sien ook dat haar enkels en polse sowel as haar nek met doringdraad styf aan die eetkamerstoel met die hoë rugleuning vasgemaak is. Sy sien hoe klein straaltjies bloed uit haar lyf sypel . . . Kuma begin saggies te huil.

"Shoooo . . ." is al wat sy hoor. Sy kyk op en reg oorkant haar sit 'n manspersoon. Hy het sy baadjie se kappie op sy kop en hy sit op 'n eetkamer stoel voor haar. Sy besef dit is die manspersoon wat haar in die bad probeer verdrink het . . . Maar hoekom . . .? En waarom het hy haar nie in die bad laat doodgaan nie . . .? Hoekom sit sy nou hier . . .? Wat wil hy verder met haar doen . . .?

Kuma begin 'n Boeddhistiese gebed opsê, wat haar Ouma haar destyds geleer het toe sy nog 'n klein dogtertjie was. Weer sê hy net: "Shoooo . . ."

Kuma begin snik, maar kry nie 'n woord uit nie. Die manspersoon oorkant haar staan van die stoel af op en beweeg al hoe nader. In sy een hand trek hy die stoel nader waarop hy gesit het, en in sy ander hand hou hy iets vas, Kuma kan nie sien wat dit is nie. Op die tafel voor haar sien sy 'n biltongkerwer.

Die man sit skuins langs Kuma en trek die stoel waarop sy sit met een beweging nader aan die tafel sowel as nader aan hom. Sy begin te ruk van vrees en angs. Die kleinste beweging herinner haar aan die drade oral om haar lyf. Haar kaal koue liggaam is heeltemal weerloos teen hierdie man. Hy neem 'n tang en knip die draad wat om haar regterkantse pols is af.

Kuma verstaan nie wat nou gaan gebeur nie. Haar arm is heeltemal lam en sy sien hoedat die bloed by haar polse uitsyfer. Haar trane loop van haar wange af tot in haar nek en die sout in haar trane brand haar nek waar die doringdraad deur haar vel geskuur het.

Wat wil hy doen met haar doen . . .? Hy is nou doodstil. Sy hoor net haar eie rou snikke en sy haal diep asem. Sy ruik sy sweet . . .

Hy sit haar lam en amper lewelose arm op die tafel voor hulle neer. Kuma sien hoe die bloed wat uit haar polse vloei, haar geel tafeldoek vlek. Dan trek hy die biltongkerwer nader en Kuma voel hoe haar hart uit haar bors wil begin te spring. Sy probeer haar arm wegruk, maar sy het geen krag nie, want soos wat sy spartel wek dit spanning in al die ander drade en die pyn skiet uit honderde plekke tegelyk deur haar liggaam.

Hy neem haar hand in syne en hy isoleer haar klein fyn pinkie van haar ander vingers. Hy plaas haar pinkie onder die lem van die biltongkerwer. Kuma skree, maar soos in 'n nagmerrie kom daar amper geen geluid uit haar keel nie. Sy probeer met alles in haar om haar hand weg te ruk, maar hy hou met sy hand haar hand onder die lem en met die ander druk hy die lem baie hard af tot op die houtblad onder die lem. Kuma hoor hoedat die beentjies in haar vinger kraak en voel hoe die lem deur haar vel en been sny. Haar vinger rol stadig van die houtblad af tot op die tafel.

Weer 'n keer probeer sy skree, maar alles is tevergeefs.

Dan sien sy meteens hoe die dik donkerrooi bloed uit haar hand spuit waar haar eens klein en fyn pinkie was. Die geel tafeldoek voor haar lyk nou amper net soos 'n kunstenaar se eksperiment op 'n doek. Die pyn is onuithoudbaar, maar sy weet sy moet veg om aan die lewe te bly.

"Wat wil jy van my hê?"

Hy antwoord nie.

Hy neem haar ringvinger en isoleer dit van die res van haar ander vingers af. Hy sukkel om dit so vinnig reg te kry soos met die pinkie, nie omdat Kuma keer nie, maar omdat die bloed haar hand baie glibberig maak. Hy sit ook haar ringvinger op die houtblad onder die lem en druk die lem baie hard neer op haar vinger. Die lem sny weereens deur Kuma se beentjies en vel.

Al wat Kuma kan uitkry, is 'n rou geluid wat diep uit haar binneste kom. Sy voel hoe sy naar word en bring oor haar eie skraal lyf op. Sy moet veg, maar sy kan nie.

Ook haar ringvinger rol stadig van die houtblad af tot op die tafel. Die geel tafeldoek het nóg 'n kunstenaars vlek op. Maar hierdie kunstenaar gebruik móórd as sy kuns en blóéd as sy medium.

Die laaste beeld wat Kuma op hierdie aarde sien is haar twee vingers, wat leweloos op die tafel voor haar lê. Haar moordenaar se beeld word wasig voor haar wanneer hy weer vorentoe buk om haar derde vinger ook af te knip met die bebloede biltongkerwer wat op die tafel voor haar staan.

Die moordenaar voel hoedat die lewe met die knip van elke vinger uit haar vloei, maar hy is nog nie klaar met haar nie.

Hy put genot uit elke vinger wat hy met passie van Kuma se lyf afsny en amper net soos 'n dokter wat 'n liggaamsdeel amputeer wat nie meer voldoende funksioneer nie.

Maar hy weet hy is nie 'n dokter nie . . . hy is meer as dit . . . hy is 'n god. 'n God wat kan besluit wie lewe en wie sterwe.

Net soos wat hy oor Heinrich besluit het is Kuma ook nou in sy mag en in sy hande en hy besluit wat volgende gaan gebeur!

Nadat hy ook die res van haar oorblywende vingers van haar lewelose hande afgeknip het, haal hy 'n klein bruin leer sakkie uit en sit elke vinger wat op die tafel voor hom lê in die sakkie. Hy trek die bandjies van die sakkie nader aan mekaar, sodat die sakkie mooi toegetrek word en sit die sakkie in sy baadjie se sak. Hy stap so saggies soos wat hy in haar wooneenheid ingekom het, weer by die skuifdeur uit en verdwyn die donker nag in.

Hoofstuk 22

Dit is Maandagoggend en die eetsaal word stadig, maar verseker al hoe voller. Daar heers 'n vreemde atmosfeer in die lug; asook 'n mate van onsekerheid, maar terselfdertyd ook 'n neutraliteit aangaande dit wat oor die naweek met Heinrich gebeur het.

Vandag begin die drie maande se intense opleidingsessie, en elke student moet hul self weer herfokus op hul doelwitte. Hulle is immers hier, omdat hulle gekies is uit duisende ander jongmense wat hier wou wees, hulle is hier omrede dit hulle droom is en hulle die kans gegun is om dit te bewaarheid.

Alhoewel bekommerde ouers hul dogters wou kom haal het met die nuus van Heinrich se dood, het die polisie volgehou, dat alle studente tot aan die einde van die ondersoek by Die Oord móét bly. Na vele protes moes die ouers instem dat hul dogters sou bly en hulle samewerking aan die polisie sou gee indien hulle hul dogter sou wou ondervra.

Lana het al die besoekers laat weet dat Die Oord se program met 'n maand aanskuif as gevolg van "sake buite Die Oord se beheer" en dat hul dus eers 'n maand later hul besoeke kan verwesenlik.

'n Sagte geklingel van eetgerei en geselsies wat die lug vul in die eetsaal is duidelik hoorbaar vanoggend. Oudergewoonte word die disse by 'n opskeptafel bedien wat versier is met pragtigste wit lelies. Die kombuispersoneel doen baie moeite met die voorlegging van elke ete wat in die eetsaal bedien word, maar hulle het 'n definitiewe ekstra myl gegaan met die oggend se voorlegging. Hulle wil immers die meisies daaraan herinner, dat dit maar slegs 'n paar dae vantevore, die enigste plek in die land was waar hulle wóú wees.

'n Opgewekte musikale stuk weerklank deur die luidsprekers en kelners met wit jassies en -handskoene stap heen en weer vanuit die kombuis na die eetsaal. Die meisies staan rye by die opskep tafel, terwyl die sjef mildelike porsies vir hulle uitskep.

Lana en Valentin is vir die eerste keer sedert die bekendstellingsaand weer saam te siene by die studente. Hulle hou 'n front voor van sekuriteit en veiligheid, maar tog skemer daar iets deur die krake. Die manier waarop hulle na mekaar kyk as niemand anders kyk nie, die manier waarop hul nie die studente in die oë kan kyk nie . . .

Dokter Heleen van Daalen sit by Lana en Valentin se tafel, maar sy praat met niemand nie. Dit lyk of sy oornag gryser geword het en die spanning is baie duidelik oor haar hele gesig te bespeur.

Nadat Simonè vir haar opgeskep het, gaan sit sy by die tafel waar sy en Una asook Heinrich gewoonlik gesit het. Una neem plek langs haar in en hulle begin rustig aan hulle ontbyt te eet. Simonè se oë soek ouder gewoonte na Johannes om te sien of hy weer joga by die boom doen.

Dit neem egter net 'n paar sekondes vir haar om te besef dat Johannes nie vanoggend joga doen nie, en toe tref die rede haar weer soos 'n weerligstraal! Heinrich het aan daardie boom gehang! Dieselfde boom wat soggens met kleurvolle lappe oortrek was, se wortels is nou deurdrenk met Heinrich se bloed!

Skielik hoor Simonè 'n gil. Sy wonder eers of sy haar dit nie verbeel nie, en sy kyk om haar rond in die eetsaal. Simonè sien 'n geskokte meisie 'n paar tafels van hulle af wat regop staan by haar stoel. Dit lyk of sy naar is, sy sit haar hand voor haar mond en dan hardloop sy uit. Nog 'n skril gil kom van 'n ander tafel af en met die derde gil word die eetsaal gevul met chaos.

Oral is dit net histeriese meisies wat uit die eetsaal hardloop en die angs sowel as die spanning van die naweek se gebeure borrel weer oor soos 'n bruistablet uit 'n klein glasie sou borrel.

Simonè staan verslae en kyk na alles wat om haar aangaan. Dit voel vir haar of sy 'n film kyk, kompleet asof die dinge wat om haar gebeur nie werklik is nie, en dat die film binnekort gaan eindig en alles sal weer na 'normaal' terugkeer.

Lana en Valentin hardloop verward rond en probeer weer 'skade beheer' toepas waar hulle kan, maar dit is 'n onbegonne taak.

Simonè stap nader aan 'n meisie wat in trane by 'n tafel sit, en sy is spierwit in die gesig: "Wat is fout . . . Hoekom huil jy so?" vra Simonè.

Die huilende meisie probeer om haar asem terug te kry om met Simonè te praat. Sy sluk diep aan haar trane en antwoord dan: "Ons het vingers in ons ontbyt gekry! 'n Mens se vingers . . ." haar kop knik na die middel van die tafel en sy huil ontroosbaar voort.

Simonè kyk na waar die meisie beduie en sien 'n harde afgekapte mens vinger in die meisie se bord tussen die roereiers. Die kant wat afgekap is, is swart en die res 'n ligte blou kleur skynsel. Simonè voel weer hoe die aarde om haar begin te beweeg en sy veg teen die gevoel en gaan sit weer so vinnig as moontlik. Sy kan nie nou flou raak nie.

"'n Vinger!" Simonè kan nie glo wat sy gesien het nie. En sy 'n afleiding maak na aanleiding van die aantal meisies wat begin skree het, dan was daar meer vingers in die res van die meisies se ontbyt. Wat sou dit beteken . . .? Wie se vingers is dit . . .? Dit is met die gedagte wat Simonè se hart 'n effense ruk gee. "Wie se vingers is dit . . .?" sy prewel die woorde saggies oor haar lippe, terwyl die chaos nog steeds om haar afspeel.

Valentin het iewers 'n megafoon ontdek en praat skielik daaroor. Hy probeer die meisies kalmeer en laat weet hulle dat die eetsaal se deure gesluit is en dat niemand dit mag verlaat nie. Valentin voeg ook by dat hy die polisie ontbied het en dat hulle binnekort hier sal wees. Hy beveel almal aan om rustig te raak asook om aan niks verder om hulle te raak nie. Die megafoon-praatjie kalmeer slegs 'n paar van die meisies en oral oor probeer minder histeriese meisies die ander histeriese meisies troos en kalmeer. Na 'n paar minute heers die spanningsvolle atmosfeer nog steeds en daar word oral sagte snikke gehoor.

Valentin praat weer. Sy tweede poging om die meisies te kalmeer is effens meer suksesvol as die vorige poging. Lana beweeg nou ook tussen die meisies deur en troos waar sy kan, selfs dokter Heleen probeer ook troos waar sy kan.

Die kombuispersoneel staan al langs die eetsaal se muur af en lyk net verdwaas. In al hul jare by Die Oord was daar nog nooit iets fout met die kos gewees nie, en nou . . . nou was daar 'n mens se vingers in die kos . . . Hoe kon so iets gebeur het . . .?

Om kwart oor nege is daar 'n harde klop aan die eetsaal se deur. Al die aandag is op die deur wanneer Valentin dit gaan oopmaak. Kaptein Moodley en Sersant Perumal stap braaf by die eetsaal in. En net soos helde in 'n film stap hulle in, om Die Oord se reputasie te kom red.

Dit is Kaptein Moodley wat met sy diep stem herhaal wat Valentin vroeër gesê het. "No one is allowed to leave the dining room and also, don't touch anything!" Hy en Sersant Perumal gesels eers met Lana en Valentin. Lana wys die meisie uit wat die eerste vinger gekry het en daarna wys sy die tweede meisie uit wat 'n vinger in haar ontbyt gekry het; dit is weer Kaptein Moodley wat praat sonder om Lana 'n verdere kans te gun: "Listen people, listen up! This is how we are going to do this . . ." Alle oë in die eetsaal is op Kaptein Moodley gerig.

"Everyone who had a finger in their breakfast, go and stand against that wall." Hy wys na die muur waar die kombuispersoneel staan. Skielik skarrel almal weer rond en bont. Dit lyk of die kombuispersoneel so vinnig as moontlik wil afstand kry tussen hulle self en enige iemand wat 'n vinger in hul kos gekry het.

Een vir een stap nege meisies na die muur wat Kaptein Moodley uitgewys het. Terwyl hulle soos verwilderde diere saam groepeer, vra Sersant Perumal vir Valentin of almal wat op die terrein woon in die eetsaal is. Valentin verduidelik dat slegs die mentors en die kombuispersoneel sowel as die studente veronderstel is om in die eetsaal te wees. Hy kyk rond en merk op dat Ishita, Johannes en Kuma nie in die eetsaal is nie.

"Those fingers belong to someone and my guess is, that it belongs to someone on the estate. Please call the rest of your staff in, our team is already combing the estate and questionning the staff outside." Sersant Perumal stap weg van Valentin af en stap na die meisies teen die muur, daar haal sy haar swart notaboekie uit en begin die eerste meisie ondervra.

Simonè en Una is weer terug by die tafel waar hulle ontbyt geëet het. Una se lyf bewe van angs en Simonè sit vertroostend haar arm om Una se skouer, vir die soveelste keer sedert Saterdagoggend. Una kyk na Simonè en vra: "Hoekom is daar net nege meisies daar?" Simonè lyk verward, ". . . hoe bedoel jy?" Una probeer haar woorde formuleer, sodat dit reg uit haar mond kom. "'n Mens het tien vingers, maar waarom sou daar net nege vingers in die ontbyt gewees het?" Die opmerking skiet deur Simonè se gedagtes soos 'n skeelhoofpyn en sy voel hoe die naarheid in haar opstoot.

"Dalk is die ander vinger nog nie gevind nie?" Una kyk met 'n vae uitdrukking na Simonè, en haar oë skiet vol trane. Kaptein Moodley staan nader en sê gevoelloos: "Or maybe the person who did this, kept the last one for himself as a souvenir."

Hoofstuk 23

Andrea stap haastig oor die grasperk. Sy is nog steeds verward oor wat die afgelope halfuur hier afgespeel het. Sy het gille in die eetsaal gehoor en ook gesien hoe Valentin buite die eetsaal op sy selfoon praat, kort nadat sy die gille gehoor het. Dit is eers daarna wanneer Kaptein Moodley en Sersant Perumal daar aangekom het tesame met 'n paar ekstra polisievoertuie en bemanning, dat sy verseker geweet het iets groots is fout.

Nou het Valentin, bleek in die gesig by die ontvangsarea aangekom en haar gevra om dringend vir Ishita, Johannes en Kuma op te spoor en in kennis te stel dat hulle baie dringend na die eetsaal moet kom. Andrea het nie enige vrae gevra nie en dadelik vir Logan op die tweerigting radio gekontak. Sy wou hoor of hy dalk die drie mentors al gewaar het deur die loop van die oggend. Logan was besig by die perdestalle en het niemand gesien nie, Andrea het toe dadelik die mentors geskakel in hul wooneenhede. Nie een van hulle het geantwoord nie en hier is sy nou, op pad na die mentors se wooneenhede.

Sy weet Ishita het by haar familie in Durban gaan kuier vir die naweek en kan moontlik nog nie terug wees nie. Sy sien Ishita se motor is nie onder die afdak nie, maar gaan klop tog in elk geval net om honderd persent seker te maak. Na die tweede klop aan Ishita se voordeur, is Andrea oortuig daarvan dat sy nog nie terug is nie. Sy stap om na die skuifdeur en loer deur die kantgordyne na binne. Alles lyk normaal en sy kan sien dat daar niemand daar binne is nie. Vinnig draai sy om en drafstap na Kuma se plekkie.

Johannes en Andrea loop trompop in mekaar vas en Andrea val amper om van skok. "Johannes . . .! Hulle soek almal dringend in die eetsaal, daar is baie groot moeilikheid!" Andrea kan sien dat die uitdrukking van vrede wat altyd in Johannes se oë te sien is, is effens versteur en het plek gemaak vir 'n bekommerde uitdrukking, iets wat vir haar nie gerusstellend is nie.

Johannes knik net vir Andrea en stap vinnig in die eetsaal se rigting. Sy hou hom vir 'n oomblik dop, voordat sy verder na Kuma se wooneenheid stap.

Die son se helder oggend strale skyn op die leeubekkies in die bedding voor Kuma se huisie, en vir 'n paar sekondes vergeet Andrea van die chaos wat om haar plaasgevind het. Die spikkels op die blommetjies lyk sommer ekstra donker met die son wat die wit blaartjies verhelder. Elke blommetjie groet die son met 'n pragtige prentjie, sonder enige foute asook sonder enige voorgee.

Andrea sien Kuma se motor onder die afdak staan. "Dit is baie vreemd," dink sy. Kuma is nooit laat vir ete nie. Dit is die hoogtepunt in haar dag om te sien hoe die studente die etes wat sy beplan het geniet.

Met 'n dringendheid in haar, klop Andrea baie hard aan Kuma se kombuis deur. "Kuma! Kuma! Slaap jy nog?" Andrea hoor niks nie. Nie eens 'n geskuifel van iemand wat dalk verslaap het nie. En net soos met die soekery na Ishita, stap sy om na die skuifdeur toe.

Die skuifdeur is toe, en die gordyne is effens oopgetrek. Andrea trek haar oë op skrefies en loer deur die klein gleufie tussen die gordyne deur. Sy sien iets, maar sy is nie seker wat nie. Dit lyk kompleet asof iemand by die eetkamer tafel sit. Sy roep weer: "Kuma . . .! Kuma . . . ! Is jy hier . . .?"

Andrea trek liggies aan die skuifdeur om te sien of dit oop is, en die skuifdeur gly maklik oop. Sy wonder meteens of sy moet ingaan. Sy kan haar hart voel bons in haar borskas. Haar lyf sê sy moet nie ingaan nie, maar haar kop sê vir haar sy moet.

Saam met die eerste tree wat Andrea in Kuma se huisie gee, verstel haar oë van die son en sien sy iemand by Kuma se eetkamer tafel sit. "Kuma . . .?" Vir eers is sy nie seker wat sy presies sien nie, maar nadat haar oë aangepas het by die lig binne in die huisie, en hoe nader sy aan die eetkamer tafel stap, ontbloot 'n gruwel toneel voor haar soos 'n groot vlek.

Kuma is aan haar eetkamer stoel vasgemaak. Haar nek teen die rugleuning van die stoel en haar enkels teen die pote van die stoel . . . met doringdraad . . . net soos wat Heinrich aan die boom vasgemaak was. En ook, net soos Heinrich, is sy kaal. Haar arms hang van die armleunings van die stoel af.

Andrea loop gehipnotiseer nader aan Kuma.

Alles om haar voel of dit in stadigbewegende aksie plaasvind. Die bloed suis deur haar ore en haar kop begin te klop, haar hart klop so vinnig, dat sy seker daarvan is dat sy enige moment gaan flou word.

Met elke tree wat sy nader aan Kuma gee, sien Andrea meer van die ondenkbare daad wat hier gepleeg is.

'n Vuil biltongkerwer staan op die tafel, die lemme is bevlek met bloed.

Wie eens 'n lewenslustige, intelligente mens was is nou 'n koue lyk.

Wat eens 'n pragtige geel tafeldoek was, is nou deurdrenk van die bloed.

Waar eens Kuma se slanke mooi hande was, is nou stomp afgekerfde vingerlose stompies.

Logan en Johannes staan 'n hele ent van Kuma se huisie af en bekyk die gebeure wat afspeel voor hulle. Forensiese manne wat soos ruimtevaarders lyk, beweeg in en uit die huisie met items wat hulle as bewyse geïdentifiseer het. In die eetsaal word studente ondervra en oral op die terrein is nuuskierige personeel besig om sin te probeer maak van wat aangaan. Vandag gaan daar ook geen opleiding plaasvind by Maison de Beautè nie.

Logan trek die sigaretrook stadig in sy longe in en blaas dit stadig weer uit. Johannes kyk aandagtig voor hom uit. "Wat sê jy van dit alles Logan, my ou maat?" Johannes kyk vir Logan in die oë en vir 'n oomblik sien Logan diep binne in die man se hart. Hy kan sien dat Johannes werklik waar probeer verstaan wat hier aangaan.

"I'd rather not think about it Jay." 'Jay' is hoe Logan aangeleer het om Johannes te noem, nadat hy te veel gesukkel het met die Afrikaanse uitspraak van sy naam. Logan het al baie in die afgelope paar jaar besef, dat Johannes hom as 'n vriend beskou, maar Logan kon nog nooit dieselfde sê oor hom nie. Hy het nog nooit gevoel dat Johannes sy vriend is nie, vir hom was Johannes net nog iemand wat op Die Oord werk saam met hom, niks meer nie en niks minder nie.

"Ja ou maat, dit is dalk partykeer beter so." Johannes gee 'n sagte sug en stap in die rigting van sy wooneenheid. Sy skouers hang en sy eens fyn gebalanseerde ekwilibrium is vandag erg versteur deur 'n tsoenami met die naam: 'Moord.'

Sersant Perumal wuif met haar linkerhand na Lana en Valentin om na hul huis te gaan. Kaptein Moodley het al begin aanstap na die effense heuwel wat voor die hoofhuis is. Dokter Heleen van Daalen is ook opgekommandeer en sy stap stadig, maar doelgerig agter Lana en Valentin aan.

Kaptein Moodley staan reeds by die voordeur wanneer Lana, Valentin en dokter Heleen by die trappies opstap. Valentin maak die deur oop en wys vir Kaptein Moodley en Sersant Perumal om na die gaste sitkamer te gaan.

Dit is soos 'n toneelstuk uit 'n amateur verhoogstuk. Die polisie en die verdagtes sowel as die dilemma.

Valentin skink vir hom en Lana elkeen 'n dubbele whiskey. Kaptein Moodley se dik stem breek die stilte: "Well good people of the mansion. We have quite a situation here . . ." hy slaan oor in Afrikaans "Lyk my mense gaan dood hier . . . " voordat Kaptein Moodley sy monoloog kon voorsit, praat dokter Heleen van Daalen soos 'n akteur wat uit haar beurt uit praat: "Lana, dit is tot waar hý sal daal dat ons Die Oord verloor!" haar stem is driftig, sy wys met haar wysvinger na Valentin en die trane lê vlak in haar oë. Lana kyk verward na Valentin.

Valentin verstik amper aan sy whiskey. Sersant Perumal, amper asof sy die regisseur van die verhoogstuk is, stap stadig op en af met haar hand op haar dienspistool in haar sy en bekyk die toneel wat voor haar afspeel.

"Merde Lana, hoe kan jy hierdie mal vrou glo . . .? Wat dink julle van my . . .? Dat ek twee onskuldige mense sal doodmaak, net sodat julle Die Oord sal verkoop . . .? Dink weer Heleen . . .! Dink weer . . .!"

Valentin staan teen hierdie tyd teenaan dokter Heleen en die spoeg wat uit sy mond kom van die praat, spat liggies op dokter Heleen se vel.

"People, people . . . Kalmeer, dit is geensins nodig om kwaad te word nie," Sersant Perumal breek Valentin se tirade sarkasties op. "Ons het net 'n paar vrae om vir julle te vra, dan kan julle aangaan met julle daaglikse take." Sersant Perumal se duidelike aksent skrik haar nie af om Valentin stil te maak nie. Sy gaan staan tussen hom en dokter Heleen en kyk vir Valentin reguit in die oë: "Do you think, you can do that?" Valentin beweeg 'n entjie agteruit en knik net sy kop, terwyl Lana en dokter Heleen ook saggies instem tot die ondervraging.

Sersant Perumal begin by vrae soos die van Heinrich se inskrywing; wie het hom ingeskryf . . . ? Het hy familie gehad . . .? Was sy familie by internasionale handel betrokke . . .? Was hy dalk familie van diplomate . . .? Het Heinrich enige iemand op Die Oord geken, voordat hy hier ingeskryf het . . .? Kaptein Moodley het ingeval met 'n paar vrae soos of Heinrich dalk vir Kuma geken het voor die tyd. Die drie mense, asook Sersant Perumal was veral verbaas oor hierdie vraag, maar soos al die ander vrae kon hul net negatief op die vrae antwoord.

Nadat Kaptein Moodley die ondervraging oor Kuma se agtergrond gelei het, het hy sy swart notaboekie toegemaak, en die drie mense bedank vir hulle tyd en vir Sersant Perumal gewink, dat dit tyd is om te gaan. Valentin het hulle uit begelei, die spanning was baie duidelik op sy gesig te bespeur.

Dit is eers toe Valentin die voordeur toegemaak het, wat Sersant Perumal vir Kaptein Moodley gevra het: "Why are you so interested in whether the two knew each other?" "You see Seargeant . . ." antwoord Kaptein Moodley: ". . . if we find the link between the two, then we find the killer."

Hoofstuk 25

Dit is laatmiddag en Logan het besluit om weer 'n vuur te maak. Hy voel so alleen, maar nie die alleen wat hy altyd voel nie, maar eerder 'n alleenheid wat hom amper laat smag na 'n ander mens. Hy kyk na die sonsondergang waar dit stadig oor die oseaan afspeel. Dit is vir Logan so ongelooflik baie mooi. Dit laat hom terug dink aan iets bekend, iets of iewers waar hy veilig gevoel het, maar hy kan dit nie plaas nie. Hy het al vrede met die gevoel gemaak. Hy maak dit af as herinneringe wat hy gehad het, voordat sy ma hom weggegooi het vir die wolwe. Omrede hy nie meer goed genoeg was nie. Hy gooi nog 'n stomp op die vuur voor hom.

Skielik praat iemand agter hom: "Hallo Logan . . . " Die as van die vuur het effens in sy oë gewaai en Logan moet sy oë op skrefies trek, om te kan sien wie dit is. Dit is Simonè wat voor hom staan. "Hi Simonè . . . "

Sy het haar draf klere aan en sy is natgesweet. "Ek is regtig jammer om jou te pla . . ." Logan kan sien sy is baie senuweeagtig, hy is baie verbaas daaroor, hy is nie gewoond daaraan dat meisies senuweeagtig om hom is nie . . . behalwe vir Andrea; maar nie hierdie tipe meisie soos wat Simonè is nie. "Jy pla nie . . ." Logan kyk na die vuur as hy haar antwoord. Hy is te bang om in haar oë te kyk, want hy is bang sy sien binne in hom in.

"Ek het gaan draf en toe sien ek die vuurtjie en ek het gedink, ek kan dalk 'n klein bietjie by jou sit . . . as jy nie alleen wil wees nie . . . Una . . ." Simonè wil nog verskonings uitdink om by Logan te wees, maar hy wys vir haar dat sy langs hom kan kom sit. Sy voel hoe haar hart in haar bors rond spring. Ewe skielik is sy spyt oor haar bravade, maar sy besluit dat sy tog gaan sit. Sy kan nie nog 'n minuut langer in die chalet wees nie en sy kan ook net só ver gaan draf.

"Hoe gaan dit nou daar in julle chalet, na . . ." Logan hoef nie eens verder te praat nie, Simonè weet wat hy wil sê "O . . . ons is oukei . . . Una is natuurlik baie hartseer, want sy en Heinrich was nogal baie na aan mekaar gewees," Simonè sien dat Logan sukkel om geselsies te maak, maar dat hy tog probeer.

"Het jy vir Kuma goed geken?" Simonè sien dat Heinrich ongemaklik voel, en sy liggaamstaal verander , sy is spyt dat sy dit gevra het. "Ek ken nie regtig iemand hier nie, ek werk maar net hier en dit is al." Logan staar na die son wat prentjies verf oor die oseaan.

"Kom ek sê jou wat, kom ons praat oor iets heeltemal anders as wat hier gebeur het. Dalk voel ons altwee sommer baie beter daarna?" Logan glimlag effens en stem gemoedelik in. Hy kan doen met geselskap en hy het juis ses biere in sy yskas wat net wag om gedrink te word. Logan staan op en bring vir hul altwee 'n bier. "Ek drink nie eintlik nie . . ." Logan maak die blikkie oop en gee dit tog vir Simonè, die blikkie is yskoud in haar hande en sy kan die bier ruik. Hy kom sit weer langs haar.

'n Lang stilte volg. "Where are you from?" Dit is Logan wat hierdie keer eerste praat. Simonè is verbaas, maar voel tog verlig daaroor. Sy begin hom vertel van haar kinderlewe, en haar ouers asook van haar skool, sowel as van haar vriende en hoedat sy uiteindelik by Die Oord op geëindig het. Sy laat doelbewus die besonderhede uit van die weelde waaraan sy gewoond is, en die beskermde kinderlewe asook van haar alkoholis-ma. Sy is nie lus om so baie van haar self te deel nie, maar sy wil tog iets van haar bekend maak aan hom.

"En jy . . .?" sy voel skaam, omrede sy dit so afgerammel het oor haar self en hom nie eens 'n kans gegun het om iets te sê nie. Sy neem weer vinnig 'n sluk van die bier wat nou warm in haar hand begin te word.

"My mom abandonded me and left me with family when I was five years old. They couldn't take care of me and I was in orphanages for most of my life." Simonè voel hoe warm sy word in haar gesig en besef weereens, dat Logan baie pyn saam hom moet dra. "I decided to go on my own when I was seventeen years old and that is when I met Valentin. He brougth me here." Hy druk sy blikkie plat en gooi dit in die vuur.

"En hoe lank is jy nou al hier?" "Drie jaar," Simonè kan sien dat sy nie verder moet delf vanaand nie. Sy haal diep asem en neem nog 'n slukkie van die bier. Dit is weer stil tussen hulle twee, dit is nie 'n ongemaklike stilte nie, maar 'n stilte waarin hulle veilig voel.

Logan voel of dit die eerste keer is sedert Lana met hom gesels het, nadat hy by Die Oord aangekom het, dat iemand werklik in hom as persoon belangstel. Hy het nog altyd geweet Andrea hou van hom, maar sy het nog nooit regtig probeer om by Logan se ware self uit te kom nie. Die manier wat Simonè na hom kyk, terwyl hy praat en die feit dat sy weet wanneer om nie meer te praat nie, voel vir Logan . . . veilig . . . rustig. 'n Rustige gevoel wat hy nog nooit ervaar het nie, en hy skuif 'n klein bietjie nader aan Simonè; dit is nou al redelik donker en die vuur knetter voor hulle. Hy kan Simonè se parfuum ruik bo haar liggaamsreuk, dit ruik vir hom soos rose op 'n koel somersdag. Haar vel slaan klein hoendervleis knoppies uit, en Logan staan op om vir haar 'n baadjie te gaan haal. Hy neem die swart baadjie wat oor sy kombuis stoel gehang het en gooi dit oor Simonè se skouers.

Hy voel hoe sy effens ruk langs hom en hy sit sy arm om haar skouer. Simonè word dadelik kalm en ruk nie meer nie. Binne in haar is dit chaos, want haar hart klop woes, en haar gedagtes maal al in die rondte, maar in die oog van die maalkolk van haar emosies is daar net absolute vrede en rustigheid.

Hoofstuk 26

Die oggend rys oor Die Oord soos enige ander oggend vantevore. Die perde wei op die lowergroen gras en die seemeeue vlieg in die lug, net soos enige ander oggend.

In die chalets en hoofhuis is dinge egter baie anders as enige ander oggend. Die spanningsvlakke is ekstra hoog, amper net soos 'n styf gespanne snaar van 'n kitaar.

Valentin het nog nie opgehou met drink sedert Heinrich se moord nie, hy slaap baie min en praat met hom self in Frans. Lana drink slaappille net om 'n oog te kan toemaak, en sy weet hoe baie belangrik slaap is vir haar voorkoms is, en haar voorkoms is alles! Vóórkoms . . . !

Die polisie het interdikte gekry, sodat al die studente moet bly op Die Oord en hulle self aan die ondersoek moet onderwerp. Ontstelde ouers het reeds al gedreig met al wat 'n prokureur is, en dokter Heleen moes inspring en vure doodslaan net waar sy kon.

Dit was nog altyd so gewees in tyd van krisis, Valentin begin te drink en Lana onttrek haar van alles en almal. Dokter Heleen neem oor en hou die fort tot alles weer vlot verloop. Die jare stap aan vir dokter Heleen en die laaste week het sy haar self begin afvra of sy regtigwaar so wil lewe. Sy het reeds haar alles vir Die Oord gegee, en sy gaan beslis nie die res van haar lewe ook vir Die Oord gee, as dit is hoe dit gaan werk nie.

Vanoggend moet sy en Johannes asook Ishita begin met die studente se opleiding. Die studente is in groepe verdeel en ingedeel by elke mentor vir die dag. Alhoewel sy weet dat daar geen inligting in die vreesbevange studente se koppe gaan insink nie, het sy tog maar besluit om voort te gaan met die program. Die alternatief is om almal net hier te laat rondbeweeg en die spreekwoordelike 'mal' te laat word!

Johannes se studente moes almal gemaklike klere gaan aantrek het vir hulle joga sessie op die strand. Johannes het sy sessie noodgedwonge strand toe geskuif omrede sy geliefde boom van nou af 'n moordtoneel is, waar niemand die afgeskorte gebied mag betree nie.

Dokter Heleen se studente sit almal met hulle penne en notaboekies in die hand, voordat dokter Heleen in die lesingsaal in stap. Hulle is deeglik bewus van dokter Heleen se kundigheid op haar gebied, en dat hulle baie by haar kan leer, maar nie een van die studente voel of hulle juis iets wíl leer vandag nie. Hulle wil eerder net huis toe gaan; na hulle ouers toe en daar waar hulle veilig voel; asook waar hulle nie blootgestel is aan 'n onbekende moordenaar wat reeds al twee mense in die laaste vyf dae vermoor het nie. Una teken krabbel prentjies in haar notaboekie en sy hoor niks wat dokter Heleen voor in die klas sê nie. Simonè is nie saam met haar ingedeel nie en Una voel stoksielalleen in hierdie groepie.

Ishita se studente is in die somatologie saal, in hul uniforms en dit neem 'n rukkie vir haar om hulle te kry net om na haar voorlegging te kyk en ook te luister. Sy is andersins baie passievol oor wat sy doen, maar die feit dat twee mense in die afgelope week vermoor is in haar direkte omgewing, het haar wind totaal en al uit haar seile geneem.

Ishita moet egter dit erken, dat sy neergekyk het op Heinrich, wat sy as 'n natuur frats beskou het. Hy was mos nie 'normaal' volgens die samelewing se standaarde nie. Sy het gedink, dalk het iemand hom daaroor vermoor, maar toe word Kuma ook vermoor . . . dit maak net geensins vir haar sin nie. Sy werk deur haar voorlegging soos 'n robot, met geen passie en ook met geen opgewondenheid nie; asook met geen optimisme nie . . . Sy kan sien dit is ook hoe die meisies wat voor haar sit voel en sy haat dit . . .! Dit is nie hoe sy haar klasse wou laat begin het nie.

Ishita besluit om iets totaal en al buite haar beplanning te doen, iets om die meisies vir 'n slag op te beur! Hulle gaan almal vandag perdry. Sy weet perdry sessies moet geskeduleer word, maar sy is seker met alles wat aangegaan het die laaste ruk kan sekere reëls, maar verbreek word. Sy maak die voorstel aan haar klas en alhoewel sy nie die positiewe reaksie kry waarop sy gewag het nie, is daar wel 'n paar skraal glimlaggies op van die meisies se gesigte.

Die meisies is almal na hulle chalets om eers meer gepaste klere aan te trek en het afgespreek om Ishita oor vyftien minute by die perdestalle te ontmoet.

Simonè voel hoe sy opgewonde raak met die wete dat sy vir Logan weer gaan sien. Want dit is waar hy die meeste van sy tyd spandeer - by die perdestalle. Sy trek vinnig aan en drafstap na die perdestalle, waar Ishita asook die meeste van die ander meisies ook reeds al is.

Simonè sien vir Logan maar hy het haar nog nie gesien nie. Hy was op daardie stadium besig om 'n perd te borsel wanneer hulle almal daar aangekom het. Sy hou haar self in die agtergrond en kan sien dat Ishita op 'n anderste manier met Logan praat as met hulle. Sy is baie neerhalend en wuif haar hande heen en weer in die lug. Sy hiet en gebied ook van die ander personeel by die perdestalle rond, totdat elke meisie 'n perd het om mee te kan ry.

Ishita wil met die perd ry waarmee Logan besig is, en Logan wil nie hê sy moet nie. Hy wys na die perd se enkel en Ishita begin in 'n hoë skril stem op Logan te skree. Simonè kry vir Logan op daardie stadium so bitterlik jammer, en sy voel of sy tussen beide moet tree en vir Logan moet help. Maar sy gaan nie, want sy kan nie, omrede sy nie in die posisie is om dit te kan doen nie.

Dit is eers wanneer Logan verby Ishita kyk, dat hy vir Simonè raaksien. Simonè wou nie gehad het, dat dit op die manier moes gewees het, wat hy haar raaksien nie. Vlak in sy vernedering ontmoet hulle oë en Simonè sien diep in sy siel in. Sy sien woede en haat sowel as teleurstelling . . .

Ishita gryp die perd se leisels uit Logan se hand uit en kyk hom in die oë en sê: "That is why you will never amount to anything more than a stall boy!"

Simonè se hart skeur letterlik in twee vir Logan se part. Hoe kan sy so met hom praat? Hoe kan enige iemand so met iemand anders praat? Sy wil na hom toe stap en hom gaan vashou, sy wil hom troos en beskerm dat niemand ooit weer so met hom moet praat nie! Sy voel so totaal en al magteloos en sy weet nie wat om vir Logan te doen nie.

"Come on girls, lets go!" Ishita skop haar perd liggies in die sy en die meisies se perde stap gedwee by die styl heuweltjie af in die rigting van die strand.

Simonè wag totdat almal eers voor haar is, voordat sy haar perd aflei na die rigting van die strand toe. Sy kyk agter toe en sien hoe Logan na hulle kyk. Maar dit is nie die Logan wat sy ken nie . . . dit is iemand anders . . . iets anders . . .Logan lyk boos.

Terwyl sy op die perd ry kan sy nie wat so pas gebeur het uit haar gedagtes kry nie. Hoe kon Ishita vir Logan so verneder? Hoe kon Logan net daar staan en nie opkom vir hom self nie? Sy het gedink Lana en Valentin het hoë standaarde vir al hulle personeellede en hoe hulle mekaar hier behandel, maar dit is nie wat sy nou net gesien het nie. Wat vir haar netso erg is, is dat min van die ander meisies enigsins hierop gereageer het, almal het net aangegaan komplete asof dit aanvaarbaar is.

Ishita lei die groep meisies teen die strand af en wissel die perdry se pas af met galop en daarna met hardloop. Sy kan voel hoe sy beter voel wanneer die wind oor haar gesig waai en die branders wat sy hier vlak langs haar kan hoor. Daar is 'n vryheid aan perdry en 'n gevoel van beheer wat sy ervaar as sy op 'n perd se rug is. Veral die een, Kiara. Dit is juis daarom dat sy aangedring het om met Kiara te ry. Logan weet dit is haar gunsteling perd . . . of dalk het hy vergeet . . . Sy wonder soms oor hom en hoe hy die werk hierby Die Oord gekry het, want hy is beslis nie iemand wat sy ooit sal aanstel nie.

Sy kyk om en sien 'n baie meer geruste groep meisies. Ontspanne en gefokus op die taak wat op hande rus. Na 'n uur se rit in een rigting besluit Ishita om die groep meisies weer terug te lei. Die meisies is nie almal so goed met perdry soos sy nie, en hulle moet ten minste nog van haar lesplan inwerk voordat die sessie verby is. Sy daag van die meisies uit wat meer ervare ruiters is tot 'n resies en die res van die ander meisies beweeg eerder teen 'n stadiger pas weer terug na die perdestalle. Simonè ry saam die meisies wat dit eerder rustiger wil neem.

Teen die tyd wat die stadige groep ruiters by die perdestalle aankom, het Ishita en die res van die meisies wat saam met haar gery het, gaan stort. Ishita het instruksies gegee dat almal weer in die saal mekaar moet ontmoet, waar hulle die oggend sessie begin het. Simonè besluit om eers met Logan te gaan praat, want sy wil hom bemoedig en hopelik sal hy beter voel oor die manier waarop Ishita met hom gepraat het . . .

"Hi Logan . . ." sy staan direk agter hom en hy is besig om hooi van 'n bakkie af te laai. Hy het nie 'n hemp aan nie en sy kan sy perfek gevormde spiere sien. Die son skyn op sy bruin vel en sy kan die klein sweetdruppels op sy ruggraat sien afrol.

Hy kyk om en lyk baie ongeduldig. Dit is nie die Logan saam met wie sy gisteraand so 'n spesiale tydjie saam gespandeer het nie. "Hi Simonè . . . " Sy dink aan iets om te sê en al wat sy kan uitkry is "Uhm . . . ek het nog jou baadjie by my." Hy kyk weer vinnig na haar toe, terwyl hy nog 'n skep hooi van die bakkie afskep. "Keep it . . ." sê hy ongeduldig. "Ek sal graag weer . . ." nog voor Simonè haar sin kan klaarmaak draai Logan om en sê: "Ek moet werk, ek kan nie nou staan en gesels nie." Hy is kwaad vir Ishita, en vir hom self en hy ken die kwaad in hom. Dit is soos 'n verwoestende brand, en hy wil nie vir Simonè met die kwaad seermaak nie.

Simonè voel hoe skaam sy word en sy wens die aarde kan haar sommer net daar en dan insluk. Hoe kan hy so anders met haar wees as gisteraand? Is dit iets wat sy gedoen of gesê het? Sy besluit om nie vir hom te wys dat hy haar so pas seer- en deurmekaar gemaak het nie, en sy groet hom nog steeds vriendelik, maar die seer is baie vlak in haar stem. "OK Logan . . . lekker verder werk dan."

Simonè stap teen die heuweltjie op na haar chalet toe en sy moet hard sluk aan haar trane wat wil begin vloei. Sy kan nie sien dat Logan, ook met diep seer na haar kyk soos wat sy daar wegstap nie.

Hoofstuk 27

Dit is skemer op Die Oord en die volmaan skyn reeds al helder oor die see.

Logan sit voor sy vuurtjie en tob oor die dag se gebeure. Hy kan nie die manier waarop Ishita hom vandag verneder het, uit sy gedagtes kry nie. Al die meisies het daar gestaan en gesien hoe Ishita met hom praat. Selfs Simonè het gesien wat gebeur het en hy is baie kwaad daaroor. Hy wou nie gehad het dat sy moes sien hoe Ishita hom verneder nie. Dit is nie die eerste keer wat sy so met hom gepraat het nie. Sedert Ishita by Die Oord begin het, praat sy so met almal . . . almal behalwe met Lana en Valentin sowel as die ander mentors. Dit is amper asof sy dink sy is beter as ander mense; kompleet asof sy dink sy het die reg om so met ander mense te kan praat.

En hy is ook baie spyt oor hoe hy met Simonè gepraat het. Hy haat hom self . . . Hy haat vir Ishita . . . Sy laat hom baie aan sy ma dink. Sy het ook gedink hy is nie goed genoeg nie; sy het ook gedink hy sal nooit iets meer word nie en dat hy net soos sy pa sal wees. Sy het ook sy pa verdryf, sonder dat Logan ooit die geleentheid gehad het om sy pa te kan leer ken. Miskien as sy pa daar was, sou sy lewe meer vir hom beteken het. Hy skop na die vuur en gaan kry nog 'n bier, die woede is besig om in hom op te bou.

Simonè en Una sit op die grasperk, voor hulle chalet en gesels. Simonè vertel vir die eerste keer vir Una dat sy die vorige aand by Logan gaan kuier het. Hoe sy sy geselskap geniet het en hoe veilig en geborge sy by hom gevoel het. "Sjoe Simonè, dit klink vir my eerder of jy verlief is, vriendin!" Una giggel, sy gaan lê plat op haar maag en sit haar hande onder haar ken en sê: ". . . vertel vir my meer toe! Het julle darem gesoen . . . ?" "Una . . . ! Nee man . . . Dit was net . . . Ons was net bymekaar . . . hy het darem vir my sy baadjie geleen en sy arm om my gesit."

Simonè sien hoe Una die storie werklik terdeë geniet en dit is ook die eerste keer in dae, dat Una weer opreg glimlag. Sy weet sy moet vir Una vertel, wat by die perdestalle gebeur het, en dalk weet Una hoekom Logan opgetree het soos wat hy gedoen het.

"Dit is net . . ." Simonè se stemtoon verander en Una kan onmiddellik agterkom dat daar 'n 'maar' gaan volg. "Hy was vandag regtig lelik met my gewees by die perdestalle. Hy was heeltemal anders gewees as gisteraand; so amper . . . asof hy iemand anders was." Una luister aandagtig, terwyl Simonè vertel van hoe Ishita met Logan gepraat het, en hoe sy eers later met hom gaan gesels het, en wat sy reaksie daarop was.

"Weet jy wat . . ." Una het nou weer regop gaan sit, ". . . ek dink hy was skaam en verneder. Hier was hy die vorige aand - jou held - en hier kom een mens en breek daardie beeld af, wat hy gedink het hy by jou geskep het. Dit wat hy gedoen het is nie reg nie, maar dit is dalk al manier hoe hy gevoel en geweet het om op te tree, dit is wat ek persoonlik dink vriendin. As jy regtigwaar baie van hom hou, gee hom nog 'n kans." Una knik oog vir Simonè en 'n glimlag verskyn spontaan op albei se gesigte.

Hulle albei lê op hul rûe en kyk na die sterre en die volmaan bo hulle. En so lê hulle vir 'n hele lang ruk en gesels en vergeet van al die hartseer en drama om hulle wat hierdie week gebeur het.

***

Ishita staan voor die skoonheidswas se verwarmer en plaas drie potjies skoonheidswas op die masjientjie. Sy is in die somatologie saal en die maan skyn helder deur die groot vensters, op die blink geteëlde vloer. Sy is nog altyd aangetrokke tot die maan gewees, want dit is so helder en perfek. Dit is haar gunsteling aande, wanneer die maan so helder skyn en sy alleentyd aan haar self kan spandeer.

Sy het ligte agtergrond musiek aangesit en wag net vir die skoonheidswas om warm te word, voordat sy haar self gaan waks. Sy het ook 'n hele paar kerse aangesteek en gooi vir haar self 'n glas rooiwyn in. Terwyl sy so op die rusbank in die saal sit, hoor sy 'n deur wat iewers oopgaan. Dit is nogal vreemd, niemand anders is veronderstel om in die gebou te wees nie, behalwe sy. 'Dit is dalk seker maar net een van die personeel,' dink sy en besluit om wie dit ook al is te gaan inlig, dat hul nie veronderstel is om daar te wees nie. Sy stap by die swaai deure van die somatologie saal uit, binne in die lang gang af en sy kyk in die vertrekke in om te kan sien wie daar is. Sy sien niemand nie en besluit dat sy haar self maar net verbeel het.

Terug in die saal gaan sit sy op een van die skoonheidsbeddens en trek haar rok uit, sodat sy net in haar onderklere is. Sy neem die skoonheidswas en smeer dit op haar bene, en daarna neem sy 'n spieël en kyk hoe sy versigtig die skoonheidswas op haar bo-lip smeer. Sy stel die klokkie en gaan lê rustig agteroor met haar oë toe.

Meteens terwyl sy diep asemhaal voel sy 'n harde hou op haar voorkop en dit word ewe skielik pikswart voor haar.

Ishita word wakker en voel 'n hand oor haar mond. Alles is dof voor haar en al wat sy kan sien, is 'n donker figuur wat oor haar buk. Sy wil skree, maar die hand druk so hard oor haar mond, dat selfs haar tande seerkry. Hy druk haar kop met soveel geweld agtertoe, dat dit amper vir haar voel asof die persoon haar nek enige oomblik gaan knak.

Sy probeer beweeg, maar sy voel dat sy vasgemaak is. Haar vrees vermeerder wanneer sy meteens besef dat sy met doringdraad aan die skoonheidsbed vasgemaak is. Haar nek en polse sowel as haar enkels is so styf aan die bed vasgemaak en sy kan duidelik voel hoe die draad deur haar vel skeur. Ishita besef onmiddellik dat sy deur dieselfde persoon vasgevang is, wie vir Heinrich en Kuma doodgemaak het!

Met elke beweging van haar bene en arms sowel as haar nek skeur die doringdraad deur haar perfekte vel. Sy voel hoe die straaltjies bloed stadig begin deursyfer en by die gaatjies wat die draad gemaak het, begin te afvloei.

Die trane begin uit Ishita se oë rol, want sy is lam en besef dat haar einde nou baie naby is. Sy sien in haar geestesoog haar geliefde ouers en haar susters en sy wens dat sy eerder by hulle in die huis gebly het en nie weer teruggekom het na Die Oord toe nie.

Al die kerse wat sy aangesteek het, is ook nou dood en dit is nou net die maan se helder lig wat in die vertrek in skyn. Die moordenaar het sy kop effens wegbeweeg, maar sy sterk hand is nog steeds hard op haar mond gedruk. Sy kan sien dat hy met sy ander hand besig is met iets, maar waarmee is sy nie seker nie.

Ishita besluit dat sy dalk moontlik met hom kan onderhandel. Dalk soek hy geld, haar ouers het baie en hulle sal enige iets betaal om haar veilig te hou. Sy hoor hoe hy asemhaal . . . Hy buk weer nader aan haar gesig en fluister "Shhhhh . . ." Hy wag totdat sy instinktief haar kop knik, kompleet asof sy sê ". . . ek sal nie 'n geluid maak nie . . ." voordat hy sy hand stadig van haar mond af haal.

Sy weet sy moet nie nou skree nie, want dalk as sy haar samewerking gee, laat hy haar gaan . . .

Tussen haar sagte gesnik deur begin sy ook saggies fluister: "Please . . . please . . . don't kill me. My parents have a lot of money and . . ." voor sy haar sin kon voltooi beweeg die moordenaar weer nader en fluister net: "Sshhhh . . ."

Hy beweeg nader aan haar gesig en druk iets tussen haar bo- en onderkaak in om haar mond oopgesper te hou. Sy voel hoedat haar mondhoeke oopgeskeur word en hoe 'n ondraaglike pyn deur haar kop skiet. Sy besef dat hy 'n tipe tang in haar mond gedruk het en met elke oomblik wanneer sy ietwat beweeg skiet duisende steekwonde deur haar liggaam as gevolg van die doringdraad wat om haar is.

Sy probeer skree, maar sy kry geensins 'n geluid uit nie.

Sy hoor hoe hy by die tafel langs die bed doenig is, en in sy ander hand hou hy nog steeds die tang wat tussen haar kake is vas. Dan sien sy hoe hy, terwyl hy haar kake oophou iets in haar mond begin gooi. Wanneer die skoonheidswas met haar tong in aanraking kom, besef sy dit is kokende skoonheidswas wat hy stadig in haar mond gooi.

Hy spasieer die blikkie dat die dik stroom skoonheidswas direk in haar keel afval en Ishita se pogings om nie te sluk nie is futloos. Dit is amper net soos kokende lawa wat in haar keel afvloei en sy voel, hoedat die skoonheidswas dik in haar keel word. Sy voel hoe haar lugpyp al hoe voller en voller word en sy probeer alles om net nog 'n asemteug suurstof in te kry.

Sodra die skoonheidswas lou warm en dik word, neem die moordenaar die hout wasstokkie en druk die skoonheidswas nog diep in haar keel af, en dan gooi hy nog kokende skoonheidswas in haar keel af.

Ishita voel hoedat sy al hoe meer van haar kragte verloor om aan te hou met veg, en hoe sy al hoe minder asem kry. Sy probeer deur die swart kolle voor haar oë veg, maar dit neem elke grieseltjie krag tot haar beskikking net om by haar volle bewussyn te kan bly.

Wanneer sy probeer om deur haar neus asem te haal, begin hy die skoonheidswas ook in haar neusgate af te gooi. Hy volg dieselfde proses om die skoonheidswas met die houtstokkie in haar neusgate in te druk, om sodoende seker te maak dat elke holte in haar vol warm skoonheidswas is.

Ishita voel hoe sy uit die hier en nou glip, en in 'n donkerte wat hopeloos en oneindig lyk; sy voel hoe dit koud en alleen word en hoe sy nie meer haar oë kan oophou nie. Dan ewe skielik, voel Ishita niks meer nie.

Hy sien hoe haar liggaam saamtrek en hoe die lewe uit haar liggaam beweeg en wanneer hy tevrede is, dat sy nie meer kan asemhaal nie, maak hy haar ooglede oop en gooi die skoonheidswas in haar oë ook in.

Die moordenaar haal 'n skerp jagmes uit en sny Ishita se tong uit haar mond uit. Hy haal sy klein bruin leersakkie uit en sit Ishita se tong in die sakkie, tesame met Kuma se tiende vinger, en dan sit hy die leersakkie in sy baadjie se sak en pak sy tang en mes sowel as die houtstokkie in die sak wat hy saam met hom dra. Hy neem die graaf waarmee hy Ishita geslaan het en stap uit die saal, amper asof niks gebeur het nie.

Ishita Kapoor lê dood met skoonheidswas in haar keel, terwyl die volmaan se lig helder oor haar dooie liggaam skyn.

Hoofstuk 28

Die vroeë oggend sonstrale skyn verleidelik deur die hoofhuis se sitkamer venster. Valentin, Lana en dokter Heleen het besluit om 'n dringende vergadering te hou oor die moontlike verkoop van Die Oord. Die drie aandeelhouers van Die Oord is saam in die sitkamer, maar hulle probeer enige verdere kontak met mekaar vermy.

Dit is Lana wat heel eerste praat: "Heleen, jy weet hoe baie lief is ek vir Die Oord. Dit is my hele lewe . . ." Haar stem bewe en sy sukkel om haar trane terug te hou. ". . . . maar ek kan nie meer nie. Ons gaan nooit van hierdie debakel herstel nie. Die eerste joernalis het reeds al gister geskakel en kom my vandag sien oor die gerugte dat iemand vermoor is hier. En hulle weet nog net van Heinrich . . . Ek weet glad nie hoe ons dit gaan hanteer nie."

Valentin slurp die whiskey uit sy glas uit, die laaste ruk was te veel vir hom ook. "Heleen, ons kan nie Die Oord sonder jou toestemming verkoop nie. So kom ons hou maar op met die mooipraatjies en gesels oor geld. Hoeveel geld soek jy . . .?" "Dit is so tipies van jou Valentin, alles kom net op geld vir jou neer. Kyk hoe lyk jy! Jou pa sou hom vandag geskaam het vir jou." "My pa . . ."

Voordat Valentin die stryd verder kan voortsit, praat Lana weer mooi: "Valentin . . . Heleen . . . asseblief . . . Kom ons kyk hoe ons hierdie onsmaaklike gebeurtenis kan uitwerk soos grootmense. As ons hierdie petalje reg hanteer, sal ons almal genoeg daaruit kry om 'n nuwe lewe iewers anders te kan begin. Heleen . . . jy het al gesê jy dink daaraan om af te tree; hoekom nie van hierdie geleentheid gebruik om 'skoon' uit alles te kom nie?"

"Skoon? Lana, noem jy twee dooie mense, 'n paniekerige personeelkorps, negentien histeriese meisies en die Here alleen weet hoeveel moontlike hofsake van die ouers, 'skoon'? Dit walg my dat julle hierdie insidente wat hier gebeur het gebruik as troefkaarte te om my aandeel van Die Oord te bekom."

Lana stap na die koffietafel en tel 'n dik pak papiere op. Sy oorhandig die dokumente aan dokter Heleen: "Ons prokureur het my en Valentin se aanbod hierin vervat. Jy sal sien dat ons twee opsies vir jou stel, óf ons verkoop ons aandele aan jou en jy bly aan by Die Oord as alleenaandeelhouer, óf ons drie verkoop Die Oord as 'n eenheid saam. Ek en Valentin dink albei die tweede opsie is 'n beter keuse."

Valentin grinnik half vanuit die rusbank en drink verder aan die whiskey: "Jy weet dat jy nooit Die Oord alleen sal kan bestuur nie . . ." "Valentin, wag nou eers . . ." Lana se krisisbestuur tegnieke neem oor en sy plaas haar hand op dokter Heleen se skouer. "Dit is tyd Heleen . . ."

Dokter Heleen haal diep asem, en sy kyk na die papiere in haar hand en gooi dit liggies terug op die koffietafel. "Ek het nooit in my dag des lewens gedink, dit sal so eindig nie . . . " haar skouers sak en sy gaan sit op die bank oorkant Valentin. "Ek is lief vir Die Oord en dit is my huis, want dit is wat Alain wou gehad het, vir my . . . en ook vir hom."

"Alain . . . is dood . .. " die sarkasme is dik in Valentin se stem ". . . en hierdie vervloekte plek is ook . . . Dood!"

"Heleen, jy sal altyd jou herinneringe van Alain hê en so ook Die Oord, kom ons klim uit terwyl ons nog kan, en terwyl daar nog tyd is."

Lana kan sien dokter Heleen is totaal en al verslaan. Sy het haar nog nooit so broos en weerloos gesien nie. Sy ken vir dokter Heleen as 'n baie sterk vrou wat nooit emosies wys nie, nie vreugde nie en ook nie hartseer nie en ook nog minder wanneer sy pyn of opgewondeheid ervaar. Al wanneer sy ooit enige gevoelens in dokter Heleen kon sien was wanneer sy van Alain gepraat het, en selfs dan was dit ook maar bitter min gewees. Lana sien 'n baie gebroke vrou voor haar en sy voel so jammer vir haar, maar sy moet seker maak dat dokter Heleen vandag nog 'n besluit maak. Hulle kan nie so aangaan nie, want daar is moontlike kopers wat die grond as 'n landgoed wil uitbrei en dit kan net die geleentheid wees waarvoor hulle almal gewag het.

"Waar moet ek teken?" dokter Heleen kyk nie vir Lana in die oë nie. Sy hoor hoe Valentin weer langs haar sluk en sy voel Lana se hand op haar skouer. Sy kán nie meer veg nie, sy wíl ook nie meer veg nie.

"Heleen, dit is die slimste en braafste ding wat ek jou nog ooit hoor sê het!" Valentin staan op en sit sy glas hard op die tafel voor dokter Heleen neer. "Ek gaan stort en dan gaan ek my prokureur sien. Praat julle twee maar oor die besonderhede." Hy stap arrogant uit die sitkamer, terwyl hy fluit. Lana en dokter Heleen hoor hoe hy hard lag en dan by die trappe op beweeg.

Die trane rol by dokter Heleen se wange af, maar sy snik nie. Dit is kompleet asof sy nie haar self wil toelaat om te huil nie. Lana wys vir dokter Heleen waar sy oral moet teken en stadig in haar perfekte handskrif doen dokter Heleen die moeilikste ding wat sy in haar hele lewe moes doen, sy teken haar aandeel in Die Oord af om verkoop te kan word.

Wanneer dokter Heleen die laaste bladsy geteken het, lui die voordeur klokkie. Dit word gevolg deur 'n harde klop. Lana en dokter Heleen kyk albei na die deur. Lana staan op en stap na die voordeur toe. Wanneer sy die deur oopmaak staan 'n natgeswete Johannes voor haar. "Kom gou . . .! Dit is Ishita . . . sy is dood!"

Lana en dokter Heleen sowel as Johannes staan voor die deur wat na die saal lei, waar Ishita se liggaam op 'n tafel uitgesprei is. Kaptein Moodley is saam met die forensiese speurders aan die binnekant van die saal, terwyl Sersant Perumal saam met Lana en die ander personeellede en studente buite wag. Buite die huis hoor hulle polisievoertuie se radio's wat kort-kort boodskappe ontvang en verskeie polisielede is besig om met die personeel en studente te gesels.

"I wonder who she pissed off . . ." Sersant Perumal se opmerking word met baie vuil kyke ontvang en Lana besluit dat sy genoeg gehad het van hierdie vrou se intimidasie: "Luister hier Sersant . . . ek het nou net mooi genoeg geluister na jou 'tough guy' praatjies. As jy jou nie professioneel kan gedra nie, klim in jou polisiekarretjie en verlaat my perseël onmiddellik." Johannes loer net na die twee dames, terwyl hy 'n effense glimlag op sy mond vorm. Dit is wat hy nog altyd van Lana gehou het. As sy of haar geliefde oord bedreig word, dan kom die kat se kloue uit. Sy is 'sag op die oog' maar kan so kwaai soos 'n tierwyfie wees.

Kaptein Moodley stap by die saal uit en onderbreek die staar wat tussen Lana en Sersant Perumal plaasgevind het. "Goeiemôre mense van Die Oord . . . Dit lyk vir my of julle kollega haar in dieselfde persoon vasgeloop het, as die Japanese meisie."

Dokter Heleen praat eerste: "Wat het gebeur met Ishita?" sy lyk opreg bekommerd. Dokter Heleen en Ishita het maar op 'n baie vreemde manier met mekaar gekonnekteer. Lana en Johannes kyk albei na Kaptein Moodley en wag dat hy moet antwoord. Hy maak sy keel skoon en begin in sy diep stem sê: "Mense . . . dit is die moordenaar met die doringdraad, hy het julle kollega vermoor en haar tong is ook uitgesny." Sersant Perumal lyk beïndruk, terwyl Lana en dokter Heleen sowel as Johannes al drie ewe geskok net na mekaar kan staar.

"Wie sal so iets kan doen?" dokter Heleen lyk baie geskok en gaan staan verslae teen die muur.

"Ons het iemand van Pretoria wat werk aan die moordenaar se profiel. Sodra hul klaar is, sal ons vir julle kan sê watter tipe persoon dit kon doen."

Sersant Perumal kyk by die venster uit, terwyl Kaptein Moodley die profiel prosedure aan Lana en die ander omstanders verduidelik. Sy praat amper asof met haar self, maar tog in so 'n mate dat hulle haar kan hoor: "I bet you the 'barb wire murderer' is someone out there, looking at us right now." Sy wys in die rigting van al die personeellede en studente wat van buite af na binne kyk en onderlangs ook bespiegel wat aangaan.

"Het die moordenaar dan al 'n naam?" Johannes probeer om by Lana se vroeë bravade aan te sluit met sy opmerking, en hy is verstom dat die sersant na die persoon verwys as die 'Doringdraad moordenaar.' "He did use barb wire in all the cases so far, we might as well refer to him by his preferred tool, so to say."

"Hoekom is haar tong uitgesny . . .?" dokter Heleen is baie bleek van die skok en probeer om die barbaarsheid van wat sy gehoor het te verstaan. "Mevrou, ek bedoel Dokter . . ." Kaptein Moodley onthou dat die dame verkies om Dokter genoem te word en gaan voort ". . . u sien, party moordenaars hou daarvan om hul self te herinner aan die daad wat hul gepleeg het. Hulle doen dit deur aandenkings te neem van die toneel af, in sommige sake is dit kledingstukke of juwele, en in die sake is dit ledemate."

Die afgryse is baie duidelik te siene op Lana en dokter Heleen sowel as Johannes se gesigte. Hul kyk na die Kaptein, terwyl hy voortgaan om te vertel: "Ons kon nog nie sien dat daar iets met die seun weggeraak het of van die toneel af geneem is nie, maar met die Japanese meisie het ons nog net nege vingers in totaal gevind, en met jul mooie meisie met die skoonheidswas, is haar tong verwyder."

"Dit laat my dink dat die seun se moord 'n onbeplande en 'n roekelose asook 'n emosionele moord was, terwyl die Japanese meisie se moord meer georganiseerd en doelgerig was. Hy het die mishandeling geniet en daarom wou hy hom self daarna herinner aan die moorde wat hy gepleeg het. Met al drie die moorde wou hy julle laat skrik het asook by julle gespog het oor wat hy gedoen het, daarom het hy die seun kaal aan die boom opgehang vir almal om te sien en die Japanese meisie se vingers in die ontbyt gesit het. Dalk wou hy selfs met haar gespot het, want sy het mos self elke dag die etes beplan en hier eet julle nou haar vingers!"

Selfs die sersant se mond hang oop van die feite wat die kaptein aan Lana en die ander omstanders blootlê en die vier luister aandagtig hoe die kaptein in die moordenaar se psige al ingedelf het. "Met hierdie een is hy selfs meer gevorderd gewees in sy motief en hy word al hoe meer gemaklik met wat hy doen. Die feit dat haar tong uitgesny is het dalk iets te doen met hoe sy gepraat het met iemand. Hy het sy tyd geneem om haar te laat ly, net soos met die Japanese meisie. En weereens spot hy met haar. Die een wat die studente moes leer om te werk met die skoonheidswas, word doodgemaak met die skoonheidswas."

"Al wat ek nog kan bysê is, dat ons baie vinnig hierdie moordenaar moet vind, want hy is nie meer bang nie en hy dink hy kan nie gevang word nie. Dit is nou baie gevaarlik . . . vir almal wat hier woon!"

Hoofstuk 30

Die nuus van Ishita se dood en die wreedheid daarvan het soos 'n veldbrand versprei deur Die Oord. Die ontvangsarea se telefoon lui onophoudelik en Andrea is verbied om die foon enigsins verder te beantwoord.

Die studente en ander personeellede is almal op breekpunt en sommige van die personeellede praat selfs van toordokters wat die moorde geïnisieer het. Alle verklarings word afgeneem al mag dit ook hoe verregaande klink. Kaptein Moodley se filosofie is dat die verregaande stories dalk net die waarheid mag wees.

Anders as met die vorige twee moorde word 'n iedere en 'n elke persoon by Die Oord ondervra en nie net die personeel en studente wat naby aan die was wat vermoor is nie.

Met die ondersoek word daar 'n paar onwettige immigrante gevang en na die naaste polisiestasie geneem totdat reëlings getref kan word om hul terug te deporteer na hul tuislande toe. Maar deur alles blyk dit dat die polisie nie een leidraad nader aan die 'Doringdraad moordenaar' kom nie.

Lana het Kaptein Moodley meegedeel dat hulle Die Oord gaan verkoop en teen sy aanbeveling besluit sy en Valentin sowel as dokter Heleen dat dit die beste tyd is, om die sleutelpersoneel te laat weet dat hul Die Oord gaan verkoop. Hulle reël dat almal die aand in die saal moet bymekaar kom vir 'n nood vergadering.

Logan is besig om een van die perde te borsel. Die rustigheid wat hy by die perde ervaar is vir hom so kosbaar. Die ritme van die borsel oor die perde se spiere maak hom kalm, en hy ervaar hoe die perd die borsel waardeer, want dit is so eenvoudig, maar tog ook opreg. Daar is geen voorgee of enige leuens nie. Dit is wat hy van die perde hou, dit is nie soos mense wat vir hom kan lieg en bedrieg of selfs beledig nie.

Skielik hoor hy Simonè se stem agter hom: "Hallo Logan . . ." Hy is amper te verleë om om te kyk, nadat hy so kortaf met haar was, maar hy weet hy moet mans genoeg wees en haar in die oë kyk en om verskoning vra.

"Hallo Simonè . . ."

Haar hart begin wild in haar bors te bons as sy hoor hoe hy haar naam sê. Die son laat sy hare mooi blink en sy bruin oë is amper soos modderpoele waarin sy wil verdrink.

"Ons klasse is al weer 'n keer gekanselleer en toe dink ek . . ." Logan laat haar nie verder praat nie. "Ek is regtig jammer oor hoe ek met jou gepraat het gister. Jy het dit regtigwaar nie verdien nie . . ." voor hy sy sin kon klaarmaak val sy hom in die rede. "Dit is regtig oukei, want ek het gesien hoe Ishita met jou gepraat het en ek verstaan dat jy op die ingewing van die oomblik reageer het. Kom ons vergeet nou albei daarvan."

Logan kyk na Simonè en hy wonder meteens 'hoekom is sy so vriendelik met hom? Hoekom is die mooi meisie so tegemoetkomend met hom? Hoekom verstaan sy dadelik hoekom hy dit gedoen het? Hoekom veroordeel sy hom nie en verstoot hom nie? Hoe kan so iemand regtigwaar bestaan? Of dalk is dit ook maar net 'n front wat sy ook voorgee?'

Sy kan sien hy dink diep en sy besluit om die gesprek in 'n ander rigting te stuur. "Ek wil graag jou baadjie vir jou bring. Wat van vanaand . . .?"

"Ek sal dit sommer by jou chalet kom haal, ons personeellede moet om sewe uur vanaand in die saal by die hoofhuis wees vir 'n nood vergadering; ek sal sommer na die vergadering na jou toe kom. Sal dit reg so wees met jou?"

Simonè glimlag net en knik met haar kop instemmend: "Dit is heeltemal reg, ek sien jou dan vanaand," dan stap sy terug na die chalet, baie opgewonde om die aand weer tyd saam met Logan te kan spandeer.

Logan glimlag vir Simonè en draai terug om die perd weer verder te borsel. Hy kan nie help om te wonder hoeveel van Simonè is opreg en hoeveel is net 'n front nie. Hy is nie gewoond daaraan om enige iemand te vertrou nie, veral nie vrouens nie, maar Simonè . . . sy is anders . . . dalk sal sy verstaan wat in sy kop aangaan, dalk sal sy hom aanvaar vir wie en wát hy regtigwaar is . . .

Hoofstuk 31

Die vergadering in die saal begin nie soos al die ander met 'n opgewondenheid oor watter sterre die opkomende week Die Oord gaan besoek nie, óf watter nuwe toerusting afgelewer gaan word nie. Dit is nie dieselfde bestuurspan wat voor die personeellede sit nie. Nee, hierdie span wat voor die personeellede sit, is vier lewensmoeë mense wat deur baie diep waters is. Die nuus wat hulle met die personeel moet meedeel is nie goeie nuus nie, maar nuus wat elkeen in die vertrek se lewens vinnig en ook baie drasties gaan verander.

Lana is baie duidelik emosioneel en sy sluk twee kalmeerpille voordat sy begin te praat. Die mense in die saal is personeellede wat deel van die middelbestuurspan vorm en of sleutelrolle by Die Oord vertolk. Johannes (en so ook dokter Heleen) is die enigstes wat van die mentorspan oor gebly het, en dan is die Kombuis-, geboue- en terreinbestuurder ook daar tesame met Logan en Andrea.

"Dit is vir my baie moeilik om vanaand hier met julle te kan praat. Ek weet julle is almal net so lief vir Die Oord soos wat ek en . . ." Lana kyk verwytend na Valentin en verander haar sin ". . . soos wat ek is . . . Maar julle weet ook wat die afgelope paar weke hier gebeur het - en dit is verskriklik. Ons weet nie hoe ons ooit van hierdie skade kan herstel nie," Lana praat verder oor die verlies van Heinrich en Kuma sowel as Ishita se dood en benadruk die effek wat dit op Die Oord se reputasie gaan hê, en verduidelik in lang tegniese terme die relaas wat die prokureur aan haar voorgestel het om te sê.

Valentin sit met albei elmboë op die tafel voor hom en staar net na die tafel se blad. Sy klere is gekreukel en hy het dik swart kringe om sy oë. Hy is wêrelde ver van die beeld wat hy uitgestraal het aan die begin van die nuwe studente jaar.

Dokter Heleen staar ook net voor haar uit. Sy het 'n sneesdoekie in haar hand en vee kort-kort trane by die hoeke van haar oë af. Sy durf nie huil voor die ander personeel nie. Sy hoor ook geen woord wat Lana sê nie, en sy probeer ook nie dink aan wat om haar nou aangaan nie. Dit voel vir haar minder seer as sy vir eers dit net ontken. Ontken dat sy die plek wat sy haar huis en haar werk sowel as haar lewe genoem het, sommer netso laat gaan vir 'n onbekende toekoms.

"En daarom het ons vanoggend, nadat dokter van Daalen finaal ingestem het om saam met ons te verkoop, die kontrak geteken. Ons klim dus nie uit hierdie 'skip' uit net omdat moeilike waters ons getref het nie, want hierdie was 'n goed deurdagte besluit wat al 'n redelike lang pad kom, en ons kon net nie sonder dokter van Daalen se goedkeuring Die Oord verkoop het nie."

Daar is 'n doodse stilte in die vertrek en Valentin besluit om nou in te tree by hierdie gesprek. Hy staan op en vra: "Is daar enige vrae van julle kant af?"

Al die personeellede sit net verslae en kyk om hulle rond. Hulle kan nie glo wat hulle ore so pas gehoor het nie.

Andrea steek huiwerig haar hand op. "Andrea, vra maar gerus . . ." Valentin kyk na Andrea en wag ongeduldig dat sy haar vraag moet vra. "Wat beteken dit vir ons . . .? Het ons nog 'n werk . . .?"

Valentin kyk vir Lana en gaan sit weer onmiddellik. Lana antwoord: "Wel Andrea, die koper wil graag Die Oord omskep in 'n eksklusiewe landgoed met luukse woonhuise op. Die Oord gaan dus nie meer bestaan asook in werking wees nie; daarom sal julle almal dus moet uitgaan en na nuwe werksgeleenthede gaan soek."

'n Groot gesamentlike sug word gehoor en weer tree Valentin in: "Ons sal julle natuurlik tog vergoed in die vorm van pakkette, so daaroor hoef julle nie bekommerd te wees nie," met die opmerking het die walle gebreek en begin almal vrae vra oor pakkette en tydperke en voordele en behuising. Lana en Valentin antwoord waar hulle kan, maar die eens gematigde personeelspan het in een oogwink in 'n vyandige mag verander.

Logan voel hoe die wêreld om hom draai. Hy hoor niks antwoorde oor pakkette en tydperke nie, inteendeel hy het opgehou luister na die gesprek net nadat hy gehoor het dat Die Oord verkoop gaan word. Hierdie was nog enigste plek wat nog vir hom ooit gevoel het soos sy huis, en Lana, was nog die enigste vorm van 'n ma wat hy nog ooit gehad het. Alles word nou by hom weggevat en daar is absoluut niks wat hy daaraan kan doen nie. Lana se woorde maal deur sy gedagtes ". . . nadat dokter van Daalen finaal ingestem het om saam met ons te verkoop, is die kontrak geteken . . . ons kon net nie sonder dokter van Daalen se goedkeuring verkoop het nie . . ." Hy voel hoe die woede in hom opstoot. Dokter Heleen van Daalen is die oorsaak dat hy alles gaan verloor. Hy moet uit hierdie saal uitkom, want hy moet voor die vuur by sy huisie gaan sit, hy moet hierdie monster in hom gaan stil maak anders maak die monster hom eerste stil!

Hoofstuk 32

Simonè is besig om haar hare droog te blaas met die haardroër. Sy het 'n hele ent gaan draf en daarna 'n vinnige stort geneem om reg te wees wanneer Logan sy baadjie by haar gaan kom haal. Sy is baie opgewonde en wil op haar beste lyk. Una is in haar kamer besig om na musiek te luister en die twee meisies gesels kort-kort so deur die oop deure met mekaar.

Simonè stap na die kombuis en kyk na Heinrich se kamerdeur wat met 'n groot slot en grendel deur die polisie toegesluit is. Teen hierdie tyd is sy en Una al so gewoond aan die geslote deur en kom dit nie eens meer agter nie. Ewe skielik wonder Simonè of iemand ooit Heinrich se persoonlike besittings kom opeis het? Sy dink aan hoe vinnig haar ouers hier sou gewees het as enige iets met haar sou gebeur het. Sy word net weereens daarvan bewus van die eensame bestaan wat Heinrich moes gehad het.

Sy kyk na die horlosie in die kombuis en sien dat dit vyf minute oor sewe is. Logan het gesê die vergadering begin stiptelik om sewe uur. Dit sal seker nie langer as 'n uur wees nie en dan sal hy by haar wees. Sy skink vir haar en Una vrugtesap in en gaan na Una se kamer.

"Wat is sy 'verskoning' nou weer dat hy hiernatoe moet kom?" Una glimlag skelmpies vir Simonè. "Hy moet sy baadjie hier kom haal," en Simonè kan nie help om te bloos nie. Sy het baie lanklaas so gevoel oor iemand en as sy eerlik met haar self is, dan kan sy ook maar aan haar self erken, dat sy die gevoel baie geniet. Sy besef dit is onder uitsonderlike omstandighede dat hulle mekaar ontmoet het, en dat hulle verhouding dalk nie permanent sal wees nie, maar sy hou genoeg van Logan om tog te probeer om 'n verhouding met hom te kan hê.

Die twee meisies raak aan die gesels oor hulle hoërskool jare en kêrels asook vriendinne sowel as hulle gesinne en dit is eers lank na nege, wanneer hulle weer na die horlosie kyk.

"Moes Logan nie al hier gewees het nie?" vra Una nuuskierig. "Ek dink so, hy het gesê as die vergadering verby is kom hy dadelik hiernatoe." Una kan sien dat Simonè teleurgesteld lyk, maar sy wil graag iets doen om haar op te beur. "Kom ons gaan kyk of die vergadering nog aan is. Vat die baadjie saam dan gee jy dit sommer dan daar vir hom," Simonè lyk nog steeds afgehaal maar sy stem in tot Una se plan.

Saam stap hulle die bultjie uit na die hoofhuis. Die maan skyn helder op die lowergroen grasperk en hulle kan ver voor hulle uit sien. Wanneer hulle naby die hoofhuis kom, sien hulle dat al die ligte af is en dat daar geen siel te siene is nie. Una kyk na Simonè, sy kan haar self net indink hoe haar vriendin nou moet voel. "Dalk het hy net vergeet . . ." probeer Una vir Logan verskoning maak. "Seker maar . . ." sê Simonè baie afgehaal.

Simonè kyk na die baadjie in haar hande. Sy het regtigwaar geglo hy sou vanaand na haar toe kom. Sy kan nie verstaan waarom hy dit nie gedoen het nie. Sy vryf oor die baadjie en voel iets hard by die een mou se rand.

Una moes gesien het dat sy frons en vra bekommerd: "Wat is fout . . .?" "Niks nie, hier is net iets vuil op die baadjie wat ek nie nou die aand gesien het nie. Dit is so 'n donker kol," en Simoné wys vir Una en die twee kyk in die maanlig na die donker kol. Nie een van hul kan uitmaak wat dit is nie, maar hul gebruik dit tog as 'n verskoning om nie dadelik Simonè se teleurstelling aan te spreek nie.

"Kom ons gaan chalet toe, jy kan more met die mannetjie gaan praat, en hoor wat is sy storie." Weer stem Simonè maar net gedwee in en stap hulle twee maar weer dieselfde padjie terug chalet toe. Baie teleurgesteld en ook baie deurmekaar asook baie hartseer.

Hoofstuk 33

Na afloop van die personeelvergadering, het al die personeellede weer na hul afsonderlike wooneenhede teruggekeer. Party van die personeellede was so geskok gewees, terwyl ander personeellede weer net hul bittere spyt uitgespreek het en dat hulle 'geweet het!' dat dit gaan gebeur, meeste ander personeellede baie min woorde gehad het om te deel.

Logan was nog altyd een van die personeellede gewees, wat amper niks gesê het nie. Selfs met die afsluit van die vergadering kon hy nie eens hom self sover kry om iets te sê toe Lana hom persoonlik daaroor uitgevra het of hy enige iets wil vra nie. Hy wou net daar en dan opspring en baie hard skree! Hy wil so baie hard skree dat sy lewe in mekaar gaan tuimel sonder die mense en Die Oord, maar veral sonder die perde. Maar hy kon nie een enkele woord uitkry nie. Hy het net sy kop geskud en opgestaan en uitgeloop.

Nou sit hy binne in sy huisie . . . Hy het nie eens krag gehad om 'n vuur te maak nie. Daar is geen ligte aan binne in sy huis nie. Hy hoor die branders en hy voel die ligte aand briesie op sy arms . . . en hy dink . . .

Hy dink aan waarnatoe hy sal gaan . . . wat sal hy doen . . .? En of hy ooit weer vir Lana sal sien? En wat van Simonè? Skielik onthou hy dat hy sy baadjie by haar moes gaan haal het. Hy kyk na sy horlosie en sien dit is al lank na nege. Sy slaap seker al. Hy sê sommer hardop "Arrrgghh!" en skop die stoel se poot van frustrasie. Nou het hy dit seker heeltemal met haar ook opgeneuk! Eers was hy ongeskik met haar en nou daag hy nie eens op soos wat hy belowe het nie. Sy sal hom seker nooit weer glo nie, en ook nie dat hy regtigwaar in haar belangstel nie. Sy lewe is in 'n totale gemors gedompel!

Dit voel of daar 'n tydbom binne in hom is, en of dit enige oomblik gaan ontplof. Hy moet iets doen aan hierdie gevoel, voordat dit hom totaal en al verwoes.

Hoofstuk 34

Dokter Heleen stap vinnig na die hoofhuis. 'n Terreinwerker het haar kom roep en gesê hy is gevra om haar te roep, dat Valentin haar graag dringend wil sien. Hy het genoem hy sal haar in haar velsorg saal sien. Sy wonder waarom Valentin haar die tyd van die nag baie dringend wil sien, want hulle het dan nou net 'n vergadering gehad. En waarom wil hy haar nou eintlik alleen sien? Dit kan een van 'n honderd redes wees. As sy nie die oggend ingestem het tot die verkoop nie, sou sy ook beslis nie tot die ontmoeting ingestem het nie. Sy gaan in elk geval ook vir hom mooi laat verstaan, dat hy háár nie weer gaan opkommandeer nie, hy sal in die toekoms 'n afspraak met haar moet maak. Sy is absoluut niks aan hom verskuldig nie!

Sy stap deur die swaai deure in haar velsorg saal in en skakel die ligte een vir een aan. Dit is 'n groot oop vertrek met lessenaars en stoele. Langs die kant van die saal is 'n ingeboude blad waarop mikroskope staan, terwyl daar heel agter in die vertrek 'n sonbed is. Die sonbed word hoofsaaklik vir opleidingsdoeleindes gebruik.

Dokter Heleen haat 'n sonbed. Daar is verskeie soorte sonbeddens in die ander sale as gevolg van kliënte se voorkeure, maar haar navorsing het oor en oor bewys dat sonbeddens uiters gevaarlik is vir 'n mens se vel en mens se oë. Lana moes maar baie mooi gesoebat en gesmeek het, sodat dokter Heleen die studente te kan oplei om die sonbeddens veilig te kan gebruik en dokter Heleen spandeer slegs 'n kort rukkie hieraan, tydens haar opleidingsessies. Sy poog eerder om studente van die sonbeddens af te raai, sodat hulle dieselfde vir hul kliënte kan doen.

Die sonbed is aangeskakel en die helder fluoressent lig skyn helder van agter die saal uit.

'Dit is baie vreemd . . .' dink dokter Heleen. Sy stap na agter om die sonbed af te skakel. Hulle het die laaste paar dae glad nie die saal gebruik nie en sy wonder wie sou die sonbed aangeskakel het. Lana lyk beslis nie of sy sonbrand onder lede het nie en die studente mag ook nie hier inkom sonder haar toestemming nie.

Sy buk af om die sonbed af te skakel. Die fluoressent lig laat haar oë pyn en sy sit haar arm half voor haar oë wanneer sy vorentoe buk. Net toe sy gebukkend staan tref 'n harde hou haar agter op haar kop en sy val dadelik bewusteloos voor die sonbed neer.

Logan buk oor haar, en tel haar liggaam binne in die sonbed in en laat haar daar neer lê. Haar kop bloei onophoudelik en die fluoressent verkleur die donkerrooi plas in iets wat nie van hierdie realiteit is nie. Hy plaas 'n Molotov kelkie by haar voete en begin ook om petrol oor die bewustelose dokter Heleen se liggaam uit te gooi, dan steek hy die stuk lap aan die brand en maak die sonbed heeltemal toe. Hy draai die sonbed se handvatsels styf met doringdraad toe, maar laat genoeg spasie vir die vuur om later suurstof te kan kry. Hy skuif 'n stoel nader en wag . . .

Dis hy wat die terreinwerker gevra het om dokter Heleen te laat roep. Hy weet die terreinwerker is half blind en oud en sal nooit vir Logan kan uitken indien hy ondervra word nie. Nog 'n slim plan van hom waarop hy baie trots is.

Dokter Heleen herwin haar bewussyn en sien sy is in die sonbed. Sy kan nie presies onthou wat het alles gebeur nie, maar sy ruik petrol oral om haar. Haar kop het 'n kloppende pyn en haar vel het 'n brandende sensasie. Sy kyk om haar en sien die glasbottel met die brandende stuk lap by haar voete. Haar klere is deurdrenk en sy besef dit is van die petrol. Haar brein begin in 'n hoë versnelling werk en sy besef onmiddellik dat sy iets moet doen om hier uit te kom. Sy probeer op haar sy draai om die sonbed se dak oop te maak, maar sy kan nie te veel beweeg nie, want andersins val die glasbottel om en die petrol vat dadelik vlam.

Deur die skrefie tussen die dak en bodem van die sonbed sien sy iemand daar sit. Haar hart klop verwilderd. Kan dit wees . . .? Kan sy ook 'n slagoffer wees van die Doringdraad moordenaar . . .? Maar hoekom sy . . .? Wat het sy dan gedoen . . .?

Sy begin skree: "Help . . .! Help my . . .!" Iemand moet tog net haar noodkrete hoor!

Logan antwoord haar in a baie sagte stem: "Dit gaan nie help jy skree nie . . . niemand kan jou tog hoor nie."

Sy ken mos hierdie stem, dit is mos . . . die glasbottel by haar voete ontplof en die res van die petrol in die sonbed vat ook vlam. Dit is oral oor vlamme op en om haar. Sy probeer spartel en vlamme doodmaak, maar dit is alles net tevergeefs. Die vlamme is in volle vaart en verswelg dokter Heleen se hele liggaam. En dan, so skielik soos wat die vuur begin het, hou dokter Heleen op met spartel, tussen deur die vlamme maak sy haar oë toe en sê: "Ek is op pad Alain, my liefste . . ." 'n Enkele traan rol uit haar oog uit.

Die vlamme vreet deur alles op dokter Heleen en begin dan aan haar vel te vreet. Die vlamme is soos ruspers wat na 'n winterslaap alles wat voorkom verorber.

Logan sit en kyk na die vlamme wat besig is om dokter Heleen dood te brand. Hy ruik die reuk van vlees wat brand, en hy besef meteens dit is hý wat dit gedoen het . . . Net hý alleen . . . En hy voel weer magtig, en in beheer van sake.

Hy sien hoe dokter Heleen haar lot aanvaar en haar oë toemaak en die vlamme toelaat om haar te verswelg. Hy admireer dit van haar, om so trots in die aangesig van die dood te wees, soos sy ook in die lewe was.

Hy sit en kyk na dokter Heleen se laaste toneel op aarde en wanneer haar liggaam pikswart en verswelg is, neem hy sy graaf en sy sak en stap by die hoofhuis uit. Hy weet hy is verantwoordelik vir die tentoonstelling van die verkoolde lyk van Dokter Heleen van Daalen in die sonbed wat sy so passievol gehaat het.

Hoofstuk 35

Dit was 'n skoonmaker wat op dokter Heleen se verkoolde lyk in die sonbed afgekom het die volgende oggend. Sy moes die saal se vloere poleer het en met die instap in die saal het sy die reuk van gebrande vleis geruik. Wanneer sy nader aan die sonbed gestap het, het sy die gesmelte teëls rondom die sonbed gesien asook die doringdraad om die sonbed. Sy het dadelik na Andrea gehardloop om die polisie te skakel.

Kaptein Moodley en Sersant Perumal asook die profielsamesteller (al die pad van Pretoria af) het saam by Die Oord opgedaag. Die Kaptein en Sersant was in uniform gewees soos altyd en die manlike profielsamesteller was in 'n outydse krimpelien materiaal pak geklee.

Valentin het hulle by die ontvangsarea ontmoet en Kaptein Moodley het die man as Kaptein Lingenvelder voorgestel, senior profielsamesteller, hy is 'n kundige op die gebied van reeksmoordenaars.

Lana moes 'n sedeermiddel kry van hulle huisdokter af, want die nuus van dokter Heleen se dood was net een te veel vir haar gewees.

Kaptein Moodley het gevra, dat Valentin vir Kaptein Lingenvelder na hul personeel- en studente lêers moet neem, sodat hy deur almal se agtergronde kon gaan.

"Maar dit is tog sekerlik onmoontlik vir hom om deur almal se lêers alleen te kan gaan?" het Valentin ongelowig en geïrriteerd sy beswaar gemaak. "Dit sal nie nodig wees om deur almal te gaan nie meneer Barbeu, hy het 'n baie goeie prentjie waarvan hy werk, en hy kan dus die meerderheid van die mense op die perseël dadelik uitskakel en net na die kyk wat moontlik in sy prentjie sal pas."

Kaptein Lingenvelder het soos 'n vreemde wese op 'n vreemde planeet gelyk. Komplect asof hy nie die taal of die gebruike van die spesie rondom hom ken nie. Hy het wel oor sy skouer gekyk na Valentin se opmerking en teruggetrokke gesê: "Laat al julle studente huis toe gaan, want die moordenaar is nie 'n vrou nie en hulle lewens is buitendien ook nou in gevaar as hul hier bly."

Valentin se mond het net oopgehang, Kaptein Moodley het nie verras probeer lyk nie, maar hy het vinnig in Sersant Perumal se oor iets gefluister. Kort daarna is Sersant Perumal na Andrea om haar die opdrag te gee dat sy al die meisies se ouers moet laat weet, dat hul huis toe moet gaan en dat hul binne die volgende dag Die Oord móét verlaat.

Valentin het op en af voor die kantoor deur gestap, terwyl Kaptein Lingenvelder hom tuisgemaak het by die lessenaar en deur die lêers begin te werk het. Valentin kon nie sien wie se lêers hy het nie, maar hy kon net sien daar is nie baie lêers nie. Andrea moes kort-kort vir die Kaptein koffie bring en teen laatmiddag was hy tevrede gewees dat hy al die inligting ingesamel het wat hy nodig gehad het vir sy profiel.

Hy het vir Andrea gevra om Kaptein Moodley te kontak om hom te kan kom haal. "So weet jy nou al wie het die mense vermoor . . .?" wou Valentin angstig weet: "Gaan hy nog iemand doodmaak . . .?"

"Meneer . . . Barbet is dit . . .?" "Barbeu, nie Barbet nie," antwoord Valentin vererg. "Ek kan nie vir u presies sê wie het die verskriklike dade gepleeg nie. Dit moet die bewyse vir u sê. Wat ek wel kan doen, is om te sê watter tipe persoon en van watter tipe agtergrond asook opvoeding, en so meer geneig sal wees om so 'n daad te kan pleeg. En of hy weer iemand gaan dood maak, dit moet ons maar eers wag en sien, want soos dit vir my lyk, werk hy hom self van die voedselketting se onder punt af op na bo," die manier waarop Kaptein Lingenvelder die boodskap aan Valentin oordra laat hom rillings teen sy ruggraat af kry en hy besluit om nie verder vir hom enige ander vrae te vra nie.

Vir die eerste keer sedert Heinrich se dood voel Valentin werklik bang . . . bang vir hierdie monster wat iewers onder hulle skuil.

Hoofstuk 36

Simonè en Una sowel as Andrea sit al drie in chalet nommer vier se sitkamer. Dit is donker buite en hulle gemoed is nie veel ligter nie.

Die feit dat dokter Heleen van Daalen doodgebrand het, in 'n sonbed van alle plekke is nog vir hulle te onwerklik om te glo. Hulle sukkel nog om sin te maak van Heinrich en Kuma asook Ishita se dood en nou is dit dokter van Daalen . . .

Simonè het nie vir Logan die hele dag gesien nie en sy probeer hard om haar teleurstelling weg te steek. Hy het nie eens haar probeer op soek op Die Oord om omverskoning te vra oor die vorige aand nie. Una het haar letterlik verbied om na die perdestalle toe te gaan en in te gee om hom te gaan sien.

Nadat Andrea almal laat weet het dat hul maar mag huis toe gaan, het sekere meisies al Die Oord verlaat en ander, soos Simonè en Una begin om van hul goed in te pak om die volgende dag huis toe te kan gaan.

Andrea deel saam met hulle haar dag en die vreemde Kaptein Lingenvelder, maar in plaas van dat hul sou lag daaroor soos 'n paar weke vantevore, probeer hulle dieper delf in wat die Kaptein kon uitklaar oor wie die moordenaar is.

"Ek het gehoor hoe hy en die ander polisieman praat, dit is beslis iemand wat hier op Die Oord bly en o, ja . . . dit is definitief 'n man. Hy sê 'n vrou sou nie met die lyke kon doen wat die man gedoen het nie, byvoorbeeld optel en so aan. En dit is 'n baie sterk man." Simonè en Una is vasgenael aan Andrea se weergawe van Kaptein Lingenvelder se profiel. "Hy sê dit is gewoonlik iemand wat baie kwaad is oor iets of vir iemand, en dit het ook te doen met 'n vrou. Gewoonlik is so iemand baie kwaad vir sy ma . . ." vertel Andrea voort. ". . . maar waarom vir Heinrich? Dit kon tog nie iets met iemand se ma te doen gehad het nie," Una lyk baie hartseer wanneer sy die opmerking maak.

"Ja, hy sê ook Heinrich se moord is anders, en pas nie in by die modus operandi nie. Hy sê ook, die persoon is 'n rondswerwer en behoort nie regtigwaar iewers nie. As hy iewers ingeskakel was, sou die mense naby aan hom geweet het hy was elke keer nie tuis as die moorde gepleeg is nie. En dit is iemand wat iets van handearbeid af weet, want hy het die doringdraad op 'n sekere manier gedraai, en hy het 'n tang en so aan gehad."

'n Skielike wind waai deur die chalet en Andrea begin effens bewe. Simonè sien Logan se baadjie uit die hoek van haar oog en gee vir Andrea die baadjie om aan te trek. "Trek maar hierdie baadjie aan, want hy gaan dit buitendien nie kom haal nie."

"Is hierdie Logan se baadjie?" vra Andrea, al weet sy wat die antwoord op die vraag gaan wees. Sy het geweet Logan hou van Simonè en al is sy mal oor Logan, sal sy baie bly wees as hy en Simonè dalk in 'n verhouding kan wees.

"Ja, maar ek wil dit nie meer hier hê nie."

Andrea besluit om nie nog enige vrae te vra oor Logan nie. Sy voel uitgemergel na die lang dag en wil nou net gaan slaap. Sy het vir Simonè en Una belowe om hulle die volgende oggend om tienuur te kom groet, voordat hulle huis toe ry.

Die twee meisies groet vir Andrea en sy begin na haar motor toe stap wat bo by die personeelparkering geparkeer is. Sy mis vir Logan baie en sy mis veral hulle geselsies. Sy besef sy het meeste van die praat werk altyd gedoen, maar sy weet iewers het sy tog deurgedring na hom toe, iewers was sy tog vir hom ook 'n baie belangrike deel van sy lewe gewees. Nou gaan Die Oord verkoop word en hulle gaan mekaar dalk nooit weer sien nie. Sy kyk af na die baadjie en besluit dat dit 'n goeie verskoning is om na hom toe te gaan. Skielik voel sy meer optimisties en begin na Logan se huis toe te stap.

Sy wonder wat gaan Logan doen as Die Oord verkoop word, hy het nie familie sover sy weet nie, wat sal van hom word? Die stap het haar warm laat kry en 'n entjie voor Logan se huis, onder die lamppaal voor Johannes se huis besluit sy om die baadjie maar liewers uit te trek. Sy vou die baadjie op en sien 'n donker kol op die mou. Sy ruik aan die kol en besef dat dit droë bloed op die mou is. 'Dit is baie snaaks . . .' dink sy. 'Ek het nie gesien dat Logan seergekry het nie? Ek sal hom tog moet vra daarna as ek daar kom.'

Sy kan in die verte sien dat Logan 'n groot vuur gemaak het, net voor die afgrond van die rotse. Hoe het sy nie al 'n paar aande saam hom daar gesit nie. Sy het so gewens dat hy wil oopmaak teenoor haar en haar sal vertrou en ook so baie van haar sou hou, soos wat sy van hom hou. Maar Logan het nog altyd sy afstand gehou, en nie oopgemaak teenoor haar nie, selfs nie eens vertrou nie.

Logan se rug is na haar kant toe gedraai waar hy voor die vuur staan. Sy hemp is uit en hy het iets in sy hand.

"Hi Logan . . ."

Die uitdrukking op Logan se gesig was een van verwilderdheid toe hy omdraai.

"Wat soek jy hier . . .?"

Andrea skrik baie groot vir Logan se gesig, asook vir sy stem en wat hy in sy hand vashou . . .

"Ek het net jou baadjie gebring Logan," sy probeer voorgee dat sy nie gesien het wat hy in sy hand het nie.

Die vlamme is so hoog soos Logan se liggaam.

Die rol doringdraad wat hy in sy hand het is net plek-plek sigbaar in die donker van die nag asook tussen die vlamme. Daar is stukke doringdraad reeds al in die vuur.

"Waar het jy dit gekry?" hy stap vinnig na haar toe, en sy beweeg 'n paar tree agter toe , hy kan sien sy is baie bang. Andrea kan sien en ruik dat Logan dronk is.

In 'n sekonde maak alles vir Andrea sin . . .

'n Swerwer . . . behoort nie regtig iewers nie . . . kwaad vir sy ma . . . die profiel beskryf presies vir Logan . . .

"Logan, wat het jy gedoen . . .?" sy hou nog steeds die baadjie uit na hom toe, maar dit voel of sy op die plek gaan dood neerslaan. Sy besef die bloed op sy baadjie is nie van 'n besering wat hy opgedoen het nie, maar wel een van sy slagoffers se bloed.

Logan het vir Heinrich en Kuma asook vir Ishita sowel as vir dokter Heleen dood gemaak!

Hoofstuk 37

Simonè stap in die donkerpaadjie in die rigting van Logan se huis. Sy kon net nie langer die onsekerheid hanteer nie en het besluit om vir Logan te gaan konfronteer. Sy wil weet waarom het hy voorgegee hy hou van haar? Sy gaan reguit vir hom vertel hoe seer hy haar gemaak het, en dat sy die volgende dag tienuur teruggaan huis toe.

Sy sien in die verte die groot vuur by sy huis en wanneer sy nader stap, hoor sy stemme. Dit is baie vreemd? Logan het nie sommer iemand by hom nie, sy wil tog regtigwaar nie daar aankom en iemand anders is by hom nie. Sy stop en luister of sy die stem kan herken. Sy hoor Logan praat, maar dit is onduidelik wat hy sê, dit klink amper asof hy dronk is.

Dan is daar 'n vroue stem. Tussen die geluide van die branders kan sy nie uitmaak wie dit is nie en besluit om nog nader te stap. Sy gaan staan agter 'n boom, 'n hele ent nader aan die vuur en sien dat dit Andrea is wat by Logan is.

Nog steeds kan sy nie presies hoor wat hulle sê nie, maar Andrea klink baie hartseer en Logan klink op sy beurt weer baie kwaad. Sy wonder waaroor dit kan wees. Logan staan met sy rug in die rigting van Simonè toe en Andrea staan voor Logan. Sy kan sien Andrea hou Logan se baadjie na hom toe uit en wanneer Simonè na Andrea se gesig kyk, besef sy meteens dat Andrea nie hartseer is nie, maar baie bang! Wat gaan hieraan . . .? Waarom is Andrea bang vir Logan . . .? Sy besluit om nog 'n entjie nader te staan om beter te kan hoor waaroor hulle twee praat.

Soos wat sy nader beweeg kan sy sien hoe Logan aggressief nader aan Andrea beweeg, Andrea tree weer agter toe en Simonè sien dat Andrea gevaarlik naby aan die afgrond van die rots staan.

Sy hoor nou baie duideliker wat hulle vir mekaar sê: "Logan, niemand is kwaad vir jou nie . . . Ons gee almal om vir jou . . . Lana sal jou help . . . regtigwaar. Kom ons gaan vertel haar wat gebeur het, ek en jy, saam. Ek belowe dat ek jou nie alleen sal los nie."

"Julle gaan my almal los . . .! Net soos my ma . . .! Lana gee nie 'n duiwel vir my om nie. Ek moes haar heel eerste uitgehaal het . . . voor al hierdie gemors begin het."

"Logan . . . Lana is baie lief vir jou . . . Ons almal is . . ."

"Dink jy regtigwaar ek is so dom om te glo dat enige iemand my gaan help as ek gaan vertel, dat 'EK' die "doringdraad moordenaar is!"

Simonè voel hoe haar bene inmekaar wil sak wanneer sy daardie woorde hoor. Sy word naar en moet veg met alles in haar om nie nou flou te word nie. Sy moet vir Andrea gaan help. Sy moet Logan se aandag van Andrea aftrek, sodat sy kan wegkom.

"Logan!" Simonè tree van agter die boom uit waar sy gestaan het.

Andrea besef dit is nou haar geleentheid om te vlug en sy begin te hardloop.

In 'n oogwink spring Logan voor Andrea in en stamp haar van die rots af in die see in. Haar gil word verdof deur die branders wat teen die rotse klots. Hy het te veel vir Andrea gesê, en hy kan nie bekostig dat sy dit aan enige iemand anders nou gaan herhaal nie.

Simonè is verskrik en sy besef meteens dat sy ook daar moet wegkom. As Logan Andrea sonder om te dink by die rotse kon afstamp, kan hy presies dieselfde aan haar ook doen. Sy begin te hardloop en sy hoor hoedat hy agter haar aan hardloop, maar sy is ratser en vinniger as Logan en halfpad terug na die ander woonkwartiere, hoor sy dat hy nie meer agter haar is nie. Sy besluit om nie te stop en te kyk nie, maar net aan te hou hardloop tot by die hoofhuis.

"Lana . . . Valentin . . .!" Simonè slaan hard aan die voordeur, terwyl sy so hard skree as wat sy kan. Voordat sy nog 'n tweede keer kon klop maak Valentin die deur oop.

"Wat is fout Simonè?" Lana staan kort agter Valentin en lyk net so verward soos hy.

"Dit is Logan . . . hy het almal doodgemaak . . . en nou vir Andrea . . . ek het dit gesien . . ." Simonè snak na haar asem en voel weer hoe die naarheid in haar opstoot.

Lana se hand is voor haar mond, amper asof sy wil keer wat daar gaan uitkom en Valentin is ook net so geskok. Hulle laat haar inkom en sluit die deur agter hulle. Lana het 'n glas water gereed vir Simonè en Valentin skakel Kaptein Moodley.

"Jy moet kom Kaptein . . . Ons weet wie is die moordenaar!"

Hoofstuk 38

Kaptein Moodley en Sersant Perumal het met loeiende sirenes by Die Oord aangekom. Twee addisionele polisievoertuie, het agter hulle aangejaag gekom en gewapende polisielede het dadelik die hele area rondom Logan se huisie omsingel.

Simonè en Lana asook Valentin sowel as Johannes staan by Johannes se huis waar hul in die verte kan sien wat aangaan. Dit sink nog nie heeltemal in dat Logan die "Doringdraad moordenaar" is nie en daar heers 'n doodse stilte in Johannes se erf.

Logan sit doodluiters by sy vuur en dit is baie duidelik dat hy dronk is, terwyl sy rug na die polisie gedraai is.

Kaptein Moodley het 'n megafoon en begin met Logan praat. Hulle waag dit nie om hom net te bestorm nie, want niemand weet of hy gewapen is of wat hy moontlik kan doen nie.

"Logan . . . this is Captain Moodley."

"You remember we spoke a few days ago."

Dit is net die branders wat antwoord.

"Logan, make this easy for everyone and come to the station with me. We can talk things out there."

Kaptein Moodley gee hom 'n paar minute en dan begin hy weer te praat.

"Logan, the people around here cares about you . . ." Voor Kaptein Moodley verder enige iets kan sê spring Logan by die vuur op en skree na Kaptein Moodley: "Stop saying that! Why do everyone keep saying they care? Nobody cares . . . Nobody!"

Logan lyk soos 'n wilde dier wat gekwes is.

Simonè en die ander kan nie hoor wat gesê word nie, maar sien dat Logan opspring en hoe al die wapens na hom toe gerig word met presisie. Hulle sien hoedat Logan nou ook na die afgrond toe stap waar hy vir Andrea afgestamp het.

Logan kyk na onder en sien Andrea se lewelose liggaam op die rotse ver onder die afgrond lê. Kort-kort spoel die branders oor haar liggaam. Haar arms beweeg saam die branders amper soos seegras. In sy beswyming raak hy meegevoer deur die ritmiese beweging van die branders wat oor Andrea spoel en dan hoor hy weer Kaptein Moodley se stem.

"Logan . . . my friend . . . come on . . . Lets finish this so that we all can go home."

Logan draai na Kaptein Moodley. Hy het nie meer 'n huis nie, want sy huis is weggevat, maar Kaptein Moodley sal dit nie verstaan nie . . . Niemand hier verstaan dit nie . . . Niemand sal dit ook ooit verstaan nie . . . Die intense verlange wat hy het dat iemand hom sal liefhê, die intense behoefte om iewers te behoort, om 'n 'huis' te hê. Hy draai om en kyk weer na Andrea se lyk op die rotse, en dan word alles ewe skielik in sy kop helder. Hy tree vorentoe en voel hoe die aarde nie meer onder sy voete is nie.

Hy voel die vryheid wat hy ervaar het wanneer hy die ander mense se lewens geneem het, en nou het hy ook oor sy eie lewe besluit.

Soos wat hy val kan hy vir 'n kort rukkie mense hoor wat skree, en nader hardloop om ook oor die afgrond te kyk. Dit is chaos rondom hom, maar vir die eerste keer in sy lewe, soos hy hier van die afgrond afval, het Logan rustigheid in sy siel.

By Johannes se huis het hul almal begin hardloop toe hul sien Logan spring by die afgrond af en Lana en Simonè is albei in histeriese trane.

Kaptein Moodley kom uitasem by die rand van die afgrond aan en sien Logan se liggaam op die rotse lê, en 'n klein entjie van hom af is die liggaam van Andrea.

Die polisielede probeer tevergeefs om Simonè en Lana asook vir Valentin sowel as vir Johannes van die afgrond af weg te hou en toe Lana, Andrea en Logan se lyke sien stort sy net daar ineen. Simonè probeer haar vas hou troos terwyl sy self onophoudelik huil.

Valentin en Johannes is ook baie sigbaar geskok en in almal se gedagtes wonder hulle hoe die stil jong man vir so lank die vreeslike monster in hom gehuisves het, sodat niemand dit eens agtergekom het nie.

Hoofstuk 39

Simonè sit in die hoofhuis en wag vir Lana. Sy het reeds al vroegoggend vir Una gegroet en het besluit om persoonlik ook vir Lana en Valentin te kom groet.

Sy kan nie help om te dink aan die afgelope ruk by Die Oord nie. Hoe Logan vir almal dit kon wegsteek, dat hy vir Heinrich en Kuma asook vir Ishita sowel as vir dokter van Daalen so wreed vermoor het.

En hoe sy verlief geraak het op hom. Sy het 'n ander sy van hom leer ken wat heeltemal teenstrydig was met wat hy gedoen het aan die mense . . . hoe kon sy so blind gewees het . . .? En wat gaan nou van almal word . . .? Andrea se ouers is verpletter deur die nuus van hul dogter se dood. Lana was nog tot laat die vorige aand met hulle in gesprek gewees per telefoon en het probeer om deur haar eie trane die gebroke ouers te troos.

Die Oord gaan nie meer verder bestaan nie en sy . . . Wat gaan sy nou met haar lewe doen . . .?

Lana stap by die vertrek in en onderbreek Simonè se gedagtes, sy lyk nog steeds in erge skok te wees, maar het tog probeer om haar self netjies te maak voordat sy kom groet het.

"Môre Simonè; is jy reg om te gaan?" Hul albei probeer 'n glimlag forseer en gee mekaar 'n drukkie.

"My ouers het gereël dat ek terugvlieg en hul sal 'n reëling tref om my motor te kom haal in die volgende week of so. Hulle wil nie hê dat ek al die pad alleen moet terugry nie, vir al na alles wat hier gebeur het."

"Ja . . . dit maak sin," Lana lyk baie hartseer maar probeer dit wegsteek.

"Simonè, ek wil net vir jou sê, ek is regtigwaar baie jammer oor alles wat jy moes deurmaak. Die Oord was nog altyd my droom gewees, en nou het alles in 'n nagmerrie ontaard, ek het soveel mense blootgestel . . ." Lana begin weer te huil en Simonè troos haar soos die vorige aand by die afgrond.

"Dit is nie jou skuld nie Lana . . . Baie dankie dat julle in my geglo het om my na Die Oord toe te laat kom. Ek sal die kort tydjie vir altyd onthou!"

Lana kyk na Simonè en vir 'n oomblik dink sy, dat as sy 'n dogter sou gehad het, sou sy wou hê dat sy soos die meisie voor haar moes gewees het. Want sy is mooi en intelligent asook emosioneel baie sterk.

"Nou ja toe! Jy gaan jou vlug mis." Lana druk vir Simonè en stap saam na buite waar die huurmotor vir haar wag. Sy waai vir haar wanneer sy in die huurmotor klim en voordat die huurmotor wegry draai sy weer om en stap dan weer na die huis.

Simonè haal diep asem en kyk deur die huurmotor se voorruit na die paadjie voor haar. Die paadjie wat sy 'n paar weke van te vore met soveel hoop self ingery het met baie planne en hoop vir die toekoms.

Hoe het haar lewe nie verander in hierdie kort rukkie nie? Sy raak sommer weer hartseer as sy net aan Heinrich dink. Die jong man wat soveel impak op haar gemaak het en Andrea wat in die fleur van haar lewe weggeneem is deur iemand wat sy ook baie vertrou het.

Die plek waar mense mooi gemaak moes word, is deur een mens verander in 'n plek waar mense hul lewens nutteloos verloor het. Maison de Beautè het in 'n paar weke verander in Maison de Assassiner.

MEER OOR DIE SKRYWER

Juanita Swart is gebore in Pretoria in 1977. Hier het sy groot geword en op 8 jarige ouderdom haar eerste storie geskryf. Sy onthou nog goed die vakansie kuier by haar tannie waar die enigste papier wat beskibaar was om op te skryf 'n kladboekie was. Elke woord van haar storie het dus dubbel deurgekom! Die eerste storie uit haar pen was oor 'n vliegtuig wat geval het en 13 oorlewendes moes veg vir oorlewing, teen die elemente en mekaar. Niemand kon glo die 8 jarige meisie het in 1985 die storie geskryf nie!

In die Hoërskool vind Juanita haar liefde vir Poësie en begin dig. Latere jare verskyn een van haar eerste gedigte "Vrees" in die "Poetry Institute of Africa" se digbundel "Different Horizons" Dit word opgevolg met haar gedig "Pa" in hul volgende uitgawe.

In 2013 sluit Juanita aan by 'n groepie skrywers en uit haar pen vloei "Afgehandel".

Juanita het 'n pragtige dogter Danielia. Hulle woon in Pretoria en hou daarvan om saam te lag en daar te wees vir mekaar. Danielia het 'n liefde vir skryf en het alreeds ook begin met haar eerste storie, sy hoop om eendag saam haar ma 'n boek te skryf.

Juanita se hoop is dat haar stories mense se lewens sal aanraak en dat hulle sal aanhou wonder, wat gaan sy volgende skryf?

NOG BOEKE DEUR JUANITA SWART

Afgehandel (2013)

Dankie dat jy my boek gelees het, gesels gerus met my op Facebook:
https://www.facebook.com/juanitaswartskrywer/?ref=bookmarks

Kyk ook na my website: https://juanitaswart.wordpress.com/

Hierdie storie is geheel en al 'n werk van fiksie. Alle name, karakters, plekke en insidente is produkte van my verbeelding en is in geensins op ware gebeure of mense gebasseer nie.

www.ingramcontent.com/pod-product-compliance
Lightning Source LLC
Chambersburg PA
CBHW021935170626
46807CB00007B/3130